LE DERNIER JOUR
DE LA VIE ANTÉRIEURE

du même auteur
chez Christian Bourgois éditeur

VIE DE GUASTAVINO ET GUASTAVINO
UNE RÉPUBLIQUE LUMINEUSE
LES PETITES MAINS
AOÛT, OCTOBRE / MORT D'UN CHEVAL
VERSIONS DE TERESA
ET MAINTENANT, DANSEZ
LA FERME INTENTION
LA SŒUR DE KATIA

ANDRÉS BARBA

LE DERNIER JOUR DE LA VIE ANTÉRIEURE

Traduit de l'espagnol
par François GAUDRY

CHRISTIAN BOURGOIS ÉDITEUR

Titre original :
El último día de la vida anterior

ISBN : 978-2-267-04765-3

Pour Charo, qui arriva au moment précis

— Combien de temps dure toujours ? demanda Alice.
— Parfois juste une seconde, répondit le Lapin blanc.

LEWIS CARROLL

UN

C'est arrivé comme ça : elle voit l'enfant le premier jour de la vente de la maison, pendant qu'elle nettoie la cuisine entre les visites de deux clients. Elle ouvre le robinet pour rincer le torchon, le ferme et, en se retournant, elle le découvre assis sur une chaise. Il a environ sept ans, l'air ahuri et porte un uniforme scolaire marron. Ce n'est pas une entéléchie, mais un corps tout aussi réel que le carrelage ou l'évier. Au premier regard elle ressent envers lui cette défiance que les gens riches lui ont toujours inspirée ; cet air théâtral, de figurine, mais adouci par l'enfance. Les mains reposent sur les genoux, il est chaussé de bottines noires, sans chaussettes, la frange impeccable qui tombe sur son front donne à son visage une certaine froideur. On dirait un voleur, un petit voleur dont l'idéal secret serait d'être accepté, mais il ne fait aucun effort pour paraître sympathique, ni pour s'excuser. L'instant de surprise passé, sans pouvoir déterminer ce qu'il a d'étrange, elle se concentre sur son regard. L'enfant semble tellement familier avec l'espace qu'il est absurde de lui demander d'où il vient, c'est une émanation naturelle des murs, de l'air saturé de poussière dorée en suspension. Il ne bouge même pas, comme s'il attendait le goûter depuis un temps lointain. Elle ne ressent pas de peur, juste un léger frémissement. Un bourdon qui cherche à sortir se heurte sans cesse à la vitre et pendant quelques secondes c'est tout ce qui se passe : l'obstination du bourdon, la cuisine vide d'une maison vide, la surprise d'une agente immobilière de trente-six ans devant un enfant de sept ans qui l'observe. Un enfant, elle le découvre maintenant, qui n'a pas cillé une seule fois.

Elle pense que c'est un signal que cette maison ne se vendra jamais. Elle est comme cet enfant : trop raffinée et peu pratique, une maison pour ce genre de riches du milieu du XXe siècle qui privilégiaient l'architecture rationaliste sur la commodité et l'ostentation. Aujourd'hui personne ne serait prêt à payer autant pour une maison qui n'est ni commode ni n'affiche ouvertement son prix. Elle l'a dit à son patron de l'agence immobilière, la première fois qu'il la lui a montrée, que cette maison était un os, qu'ils allaient passer des mois à la faire visiter à des étudiants en architecture, pour finir par la considérer comme impossible à vendre. Et maintenant, après une semaine à remettre en état les deux niveaux, le garage et le jardin, à étudier le dossier de l'architecte et à donner des instructions aux peintres pour qu'ils obtiennent un résultat irréprochable, maintenant il y a ça. Elle est sur le point d'éclater de rire, mais quelque chose dans le regard de l'enfant l'en empêche. Ce n'est pas seulement l'anachronisme de sa tenue ; le fait qu'il ne cille pas donne à son regard un effet neutralisant, comme si tout ce que captaient ses yeux était immédiatement mis à nu, réduit à un schéma élémentaire. Pourtant il n'est pas sinistre ; il pourrait l'être, comme une poupée trop réaliste n'est pas sinistre quand on la prend pour ce qu'elle paraît, mais le devient quand on découvre ce qu'elle est. Sa présence même, bien qu'elle soit figée, a quelque chose d'instable. Les sentiments qu'elle lui inspire sont aussi instables. C'est la première fois qu'il lui arrive quelque chose de semblable et, paradoxalement, elle n'en ressent pas l'inquiétude qu'elle avait imaginée. Pendant des années, dans d'autres maisons, la sensation d'être observée l'avait poussée à se diriger le cœur battant vers la sortie, mais à présent cet enfant la regarde sans ciller et elle n'éprouve aucune crainte, juste une vague défiance pour ses privilèges.

— Qu'est-ce que tu veux ? lui dit-elle.

Et comme l'enfant ne répond pas, elle repose la question, presque de mauvaise humeur :

— Qu'est-ce que tu veux ?

Alors il fait mine de se lever et elle recule d'un pas. Elle porte encore les gants de caoutchouc avec lesquels elle a nettoyé la cuisine et cela lui donne une allure à mi-chemin entre l'employée de bureau et la femme de ménage qui fait sourire l'enfant, du moins en a-t-elle l'impression.

— Écoute, poursuit-elle un peu absurdement, comme si elle parlait à un chien, tu ne peux pas rester ici, tu comprends ? Des gens vont venir.

Elle a beau voir l'enfant, elle pense que la distance qui les sépare est peut-être infinie, et c'est pour elle un certain soulagement. Il y a tellement de façons d'éluder sa responsabilité que celle-ci ne lui semble pas la pire. Pourtant l'enfant réagit. Il se met debout et lève la main pour dire au revoir. Elle l'imite. Et à cet instant, dans le bref intervalle où il se retourne, se dirige vers le couloir et disparaît de sa vue, elle a l'impression que dans ce petit corps il y a une angoisse animale, une angoisse presque insupportable.

Elle n'a jamais aimé creuser, fouiner, demander des explications. Elle aime son travail à l'agence immobilière, pas grand-chose de plus. C'est une espèce de don, comme d'autres personnes ont une aptitude pour le sport ou l'oreille musicale. Depuis sa prime jeunesse, elle perçoit les maisons comme par réflexe, elle sait instantanément comment elles sont dès qu'elle pose un pied à l'intérieur. Là où la plupart des gens ne voient que ciment ou briques, pour elle il y a des corps, des caractères, une chair intime et malléable. Mais à la différence des maisons, les personnes qui y vivent lui semblent presque toujours irréelles, leurs sentiments et leurs visages, inaccessibles. Elle en est arrivée à penser que les maisons ne sont qu'un prétexte, un pont pour percevoir ce qu'elle ne peut percevoir chez les personnes. Elle ne sait pas. Elle sait seulement qu'elle aime les maisons, que cela lui fait du bien de les aménager, de les vendre, de les louer, elle se sent comme un pont entre des êtres qui ne se connaissent pas et qui se cherchent. Dans cet espace elle a trouvé tant bien que mal sa place dans le monde. Elle ne se pose pas d'autres questions. En fin de compte, ne pas être émotive favorise que les autres le soient. Elle ne souffre pas beaucoup de ce qu'elle ne peut avoir. Sous cette apparence, elle s'est résignée à une insensibilité plus ou moins innée. À moitié sérieuse, à moitié en plaisantant, elle se dit que son propre caractère est un peu comme ces mensonges dilués dans les mots des annonces : « impeccable », « très lumineuse », « récemment rénovée », expressions face auxquelles ne compte que la crédulité, ou le cynisme, et qui, de fait, se révèlent vraies ou fausses, luminosité réelle, ou rénovation plus ou moins patente, grâce au désir qu'il y ait de la lumière, que tout soit comme neuf. En fin de compte, affirme-t-elle parfois, tout est affaire de désir. Celui qui cherche une maison ne voit que ce qu'il veut voir.

C'est peut-être pour cela que l'épisode de l'enfant la déstabilise tellement. Qu'est-elle censée faire avec cette énergie indéterminée ? Durant des années la peur que se produise quelque chose de semblable a agi sur elle comme un appel du désir, et à présent la réalité est quasiment un défi.

Elle a été tentée d'en parler à son chef quand elle est passée à l'agence pour déposer les clés, et maintenant aussi, en arrivant chez elle, elle a envie d'en parler à l'homme avec lequel elle vit, mais elle ne le fait pas. Se répéter mentalement qu'elle a vu un enfant qui ne clignait pas des yeux dans une maison vide tient de la confirmation de sa présence, mais aussi du fait qu'elle ne s'est pas reproduite. L'enfant n'est pas réapparu, bien qu'elle l'ait attendu pendant les trois heures où elle est restée sur place. C'est peut-être pourquoi, lorsque l'homme avec lequel elle vit lui demande comment s'est passé sa journée, elle préfère dire « bien », et elle lui parle ensuite de la maison, une maison pour ce genre de riches de la moitié du XXe siècle qui privilégiaient l'architecture sur la commodité et l'ostentation, et qu'aujourd'hui personne ne serait prêt à payer autant pour une maison qui n'est ni commode ni n'affiche ouvertement son prix. Puis, en dépit de ce qu'elle vient d'expliquer, elle affirme qu'aujourd'hui même deux couples l'ont visitée et que si l'un l'a écartée presque instantanément, il n'est pas du tout improbable que l'autre l'achète.

Elle a constaté si souvent cette dynamique qu'elle en sourit : l'un est fort, l'autre plus faible, l'un insiste, l'autre résiste. À la fin il y a un gagnant, rarement celui qu'on a prévu, presque toujours le plus logique. L'homme avec lequel elle vit lui demande comment est la maison, elle répond qu'elle compte presque trois cents mètres carrés sur deux niveaux, quatre chambres, trois salles de bain, une salle à manger et une bibliothèque, et derrière, un jardin avec une petite piscine. Mais à l'étage les pièces sont si curieusement distribuées qu'il manque de l'espace où qu'on se trouve. Sans parler de la lumière qui, on ne sait trop pourquoi, paraît inexistante malgré les nombreuses ouvertures vitrées.

Elle s'en rend compte pour la première fois. C'est toujours pareil : elle a l'impression de comprendre les choses quand elle les explique. Elle comprend maintenant que cette maison est accueillante quand on la parcourt, pas quand on s'arrête. Puis, elle repense à l'enfant, à ces yeux aux cils immobiles, à sa sortie de la cuisine lorsqu'il s'est dirigé vers le couloir, exactement comme l'aurait fait quelqu'un qui s'apprête à effectuer un trajet habituel, répété à l'infini, sans répit.

— Je comprends, dit l'homme avec lequel elle vit.

Elle acquiesce, en le regardant, et pense qu'en réalité il n'y avait rien à comprendre, mais il sourit et elle lui sourit en retour.

Elle ne l'aime pas, mais c'est ainsi qu'elle l'aime. L'homme avec lequel elle vit est âgé, peut-être trop. Elle a été attirée par lui quand elle a fait sa connaissance il y a deux ans, le jour où elle lui a fait visiter cette maison où ils ont fini par vivre ensemble. Son corps lui a plu, et aussi que son cœur se soit lassé de tout engagement, et ce mélange de fonctionnaire de l'enseignement et d'esprit sentimental. Quand ils ont commencé à sortir ensemble, la seule chose qu'elle savait de lui était qu'il travaillait comme professeur de biologie à l'université et qu'il avait écrit un livre sur l'imprévisible sujet des champignons. Après la visite de la maison, l'homme l'a invitée à boire un verre et elle a senti qu'ils finiraient par vivre ensemble. Il a parlé de champignons aux noms impossibles à retenir, *Crepidotus, Mycena interrupta, Marasmius*, et il lui a montré sur son téléphone portable des photographies de créatures d'un autre monde, belles et sinistres comme des inflammations cutanées, elle a pensé que tout chez lui se mouvait lentement.

Au début, l'aimer fut presque un réflexe. Pour la première fois de sa vie elle s'est décidée à faire ce qu'elle supposait devoir faire, juste pour vérifier si ensuite elle ressentait ce qu'elle supposait devoir ressentir. Elle était sûre que tôt ou tard elle le quitterait, qu'il souffrirait, et elle aussi peut-être, mais d'une manière conciliante. Elle aimait son érudition et la douleur de son précédent mariage, qui avait laissé en lui une dureté blessée. Elle était intriguée de savoir jusqu'à quel point elle pouvait percer ce noyau dur. Et autre chose : elle n'avait jamais vécu avec personne. Il paraissait l'homme idéal pour échouer dans cette tentative.

Puis, contre toute attente, leur vie de couple fut douce, ponctuée de moments d'oisiveté. L'homme avec lequel elle vit, à l'égal des champignons qu'il étudie, a ouvert lentement ses spores qui se sont révélés délicats, et elle s'est adaptée.

Lorsqu'il se met au lit, elle sent son poids s'enfoncer dans le sommier et l'homme éteint la lumière. Dans l'obscurité elle revoit plus nettement l'enfant. L'uniforme n'est pas exactement marron, mais beige, les cheveux pas tout à fait noirs, mais châtains. Il paraît un peu potelé, mais c'est un embonpoint avenant et sans complexe. Sous la frange les yeux sont plus petits que la normale, trop sensibles à la lumière. Il ne montre aucun signe de timidité, plutôt une espèce de curiosité. Et aussi quelque chose de déplacé dans sa façon de la regarder, d'observer son corps sans ciller, c'est un regard cristallin, détaillant tous ses traits.

— Aujourd'hui j'ai vu un enfant dans la maison, murmure-t-elle.

— Et ? dit-il après quelques secondes.

— Rien.

— Tu as vu un enfant dans la maison et rien ?

— Oui.

Lorsque l'homme se retourne, elle voit deux puits aqueux avec un léger éclat de perplexité. Une seconde après il éclate de rire. Et elle rit elle aussi. De soulagement. Qu'il soit là. Mais surtout : de n'avoir pas encore parlé.

Le lendemain elle passe à huit heures prendre les clés à l'agence. Normalement elle arrive un peu avant ses collègues, elle s'assied à côté de la machine à café, vérifie sur son portable les visites prévues pour la journée, elle écrit des messages pour confirmer les rendez-vous à des couples, elle calcule mentalement le trajet d'un endroit à l'autre, si elle aura le temps de manger ou d'engloutir un sandwich en chemin, et si le chien de son patron, qui passe la journée à gémir dans les toilettes de l'agence, parce qu'il est très vieux et très malade, la laissera travailler en paix.

Une journée de travail doit être maîtrisée. Parfois elle mange dans les maisons qu'elle vend, assise par terre, en imaginant la vie qui s'y est déroulée. Pour elle la volupté des lieux est un sujet très sérieux, presque le seul en réalité. Elle se fait des maisons une idée plus haute que celle des personnes qui les habitent. En fin de compte, la question n'est pas tant d'exister que de persévérer dans l'existence. Les maisons – aime-t-elle à dire parfois – doivent rire de leurs propriétaires qui ont l'illusion de les posséder. Elle y pense surtout dans les moments où elles sont vides, quand les occupants viennent de partir et que leur présence vibre encore, les ombres montrent l'endroit où ils accrochaient les tableaux, où se trouvaient les meubles, quel côté du couloir était le plus emprunté, quel carreau de la salle de bain n'en finissait pas de tomber. Il lui suffit de jeter un coup d'œil dans la chambre pour savoir quel côté du lit recevait le soleil le matin, d'entrer dans une maison pour percevoir quelque chose d'opaque dans le vestibule que, cependant, il faut traverser pour entrer dans la cuisine. Ici vivait quelqu'un de malheureux, pourquoi ? Parce que le parquet n'est pas décoloré sous la fenêtre du salon, signe que personne n'ouvrait le rideau. Là vivait quelqu'un d'heureux, pourquoi ? Parce qu'il préparait de bons plats dans ce vieux four. Peut-être qu'elle se trompe, mais ça n'a pas grande importance. L'important est que, faute d'être témoin de la vie réelle des personnes, elle la perçoit dans ces stades intermédiaires : dans les restes d'une odeur, sur le mur que quelqu'un a trop longuement fixé des yeux, dans la salle de bain où a pleuré une adolescente, à l'ombre sur laquelle une tête a reposé en dormant durant des années. Et quand elle perçoit ces vies, elle n'éprouve même pas le désir de les prolonger. Minuscules comme la sienne, elle aime cette rencontre particulière de contingences. Ce frôlement lui suffit.

Mais ce matin commence aussi par une transgression. Avant la tournée des visites, elle va voir un serrurier et se fait réaliser un double des clés de la maison de l'enfant. Elle n'avait jamais fait ça. Elle est toujours restée d'une honnêteté inébranlable. Bien que les pots-de-vin, les paiements en espèces, les médisances soient des pratiques courantes de son métier, son refus d'y céder a quelque chose de suspect. Tout comme le pardon est un geste plus souverain que le châtiment, elle se dit parfois que son honnêteté cache un vice plus blâmable que la cupidité. En observant le serrurier en train de fabriquer le double de la clé avec cet appareil qui l'a toujours fascinée, qui crante la nouvelle clé avec l'originale à côté, elle se rend compte que l'honnêteté a été pour elle une espèce de blocage, comme celui qu'impose cette clé rigide à son double. Son patron affirme toujours qu'elle est la seule personne absolument honnête qu'il connaît. Il le répète sur un ton tantôt grave, tantôt légèrement moqueur. Et bien qu'en général elle se sente flattée, elle y voit maintenant une espèce d'insulte, comme si être honnête supposait inévitablement un défaut d'élan vital. Quand l'homme lui donne le double elle ressent le vertige d'avoir dans la main quelque chose qui n'a été conçu que pour être caché. Encore indécise au moment de payer, elle prend chaque clé et les serre dans son poing. Puis elle passe le bout du pouce sur les crêtes minuscules du double.

Elle retourne à l'agence en fin d'après-midi, un couple de femmes a annulé une visite et elle a une heure de libre devant elle. Il est six heures et quart, elle est seule. Dans les toilettes on entend les gémissements du chien et en passant près de lui elle lui fait une caresse distraite, moins par affection que pour qu'il cesse de gémir. Puis elle prend un taxi et donne l'adresse de la maison. Parfois cela lui arrive ; son zèle excessif pour les détails l'empêche de voir la totalité la plus élémentaire. À bien y regarder, la façade fait penser à un visage aplati, elle ne l'avait pas perçue ainsi la première fois. En entrant elle découvre qu'il y a plus de lumière que le matin, une lumière qui amplifie l'espace et éclaire les couloirs, ainsi que le séjour grâce à la baie vitrée donnant sur le jardin. La maison lui paraît maintenant belle et sévère. Dans la bibliothèque et les chambres de l'étage un puits de jour en verre dépoli produit une luminosité orientale, blanche, diffuse, comme filtrée par du papier de riz. L'élégance se révèle d'autant plus qu'elle est moins perceptible pour un regard distrait. Tout sent la peinture fraîche. Elle pense maintenant juste le contraire de ce qu'elle a pensé la première fois : l'architecte qui a conçu cette maison aimait la lumière, *cette lumière*.

Pendant quelques minutes se reproduit cette sensation de passage, comme celui d'une rivière paisible qui aurait poli un rocher au fil de longues années. Elle sort de la chambre et, inexplicablement, elle sait où elle doit se diriger. Elle sait qu'elle ne doit pas prendre directement l'escalier, mais passer par la deuxième chambre puis par la salle de bain. C'est comme si la maison elle-même la guidait silencieusement d'un endroit à l'autre, d'une chambre à la suivante, puis à la bibliothèque pour l'abandonner ensuite à ses propres pas. Est-ce le chemin qu'emprunte l'enfant ? Elle ne sait pas.

Pendant tout ce temps elle retarde le moment de gagner la cuisine. Enfin elle s'y rend. Avec un peu de crainte, mais aussi avec soulagement, car si ce n'est pas pour voir l'enfant, pourquoi est-elle revenue ici ? Et, comme chaque fois qu'elle est sur le point de parler à un client, elle prépare mentalement des propos sur le quartier ou la maison, des propos qui lui permettront une certaine latitude et, surtout, de donner des informations.

Avant d'entrer dans la cuisine elle entend un petit bruit provenant de l'intérieur. Elle respire profondément. Elle lui dira, décide-t-elle, quelque chose de simple. Comment tu t'appelles. Puis, peu importe sa réponse, elle ajoutera que c'est un joli prénom. Elle lui demandera aussi s'il habite ici, dans cette maison. Voilà ce qu'elle lui demandera.

Mais quand elle entre dans la cuisine elle ne voit pas l'enfant.

C'est elle-même qu'elle voit.

Ce n'est pas une entéléchie, mais un corps aussi réel que le carrelage ou l'évier. C'est elle-même, elle est de dos et porte la même robe que le jour précédent. Elle reproduit les mouvements qu'elle faisait en nettoyant, ce petit déhanchement. En se voyant ainsi de dos elle a un frisson, mais quelques secondes passent avant que ce reflet d'elle-même se retourne, et la frayeur l'oblige à reculer de quelques pas, en bousculant une chaise. Pendant une fraction de seconde elle retrouve une sensation qu'elle a eue des années plus tôt quand une voiture a surgi devant elle sur une route départementale et a fait deux embardées avant de finir dans le fossé : une lucidité intense où ses sens corrigeaient à tout instant la perception de la réalité. C'est tellement puissant qu'elle a l'impression que cette femme devant l'évier, cette femme identique à elle-même, est lumineuse, mais elle reprend aussitôt son apparence normale. Elle sait qu'elle se retranche en saisissant maladroitement une chaise, mais ensuite elle découvre un bleu sur son bras qui ne s'explique que par la promptitude instinctive avec laquelle le corps se protège. Elle entend la question :

— Qu'est-ce que tu veux ?

Et comme, paralysée de se voir, elle est incapable de répondre, le reflet demande de nouveau en la regardant :

— Qu'est-ce que tu veux ?

Il y a un silence.

— Écoute, tu ne peux pas rester ici, tu comprends ? Des gens vont venir.

Le ton est sec mais étrangement calme. Le reflet regarde fixement vers la porte et elle comprend ce qu'il est sur le point de faire, car elle se rappelle ce qu'elle a fait la veille : il lui dit au revoir d'un geste de la main et regarde au loin. Puis il se retourne et se remet à nettoyer.

Alors cela recommence.

Son reflet est en train de nettoyer. Combien de temps ? Quelques secondes ? On dirait à l'infini. Elle remarque de nouveau ce curieux déhanchement, mais à présent elle ne le trouve pas aussi ridicule. Évidemment ce n'est pas la première fois qu'elle se voit. Elle s'est vue souvent de dos, reflétée dans des miroirs, filmée, photographiée, mais là, la consistance du corps, sa présence charnelle, donne une sensation d'inédit. C'est comme si elle était condensée, comme s'il y avait deux ou trois corps possibles, pas dans une projection future mais dans un présent simultané. Passé cette première méfiance, l'effet est d'élégance, une élégance équivoque qui surgit du soupçon que ce n'est là qu'une erreur. Puis, lorsque le reflet la regarde de nouveau, on dirait qu'il ne voit rien, rien qui ne soit ce visage qu'elle reconnaît tous les matins dans le miroir, ces lèvres peintes, aux commissures légèrement tombantes, et ce nez peut-être trop grand, ces yeux marron, presque noirs, ces cheveux châtains attachés, et cette assurance nerveuse, un peu agressive, ce haussement d'épaules instinctif. Elle paraît plus corpulente que ce qu'elle pensait. Voir son corps en face d'elle est comme voir un tableau célèbre dans la vie réelle : les couleurs ne sont pas les mêmes, la texture est légèrement différente, mais surtout il y a un halo, émanant de la matière. Alors je suis comme ça, se dit-elle en sentant ses battements de cœur dans les oreilles, c'est comme ça que les autres me voient.

— Qu'est-ce que tu veux ? dit le reflet, et elle sent de nouveau le bourdonnement. Qu'est-ce que tu veux ?

Peu à peu le temps réel s'adapte au temps sanguin. Elle est capable de retrouver les sentiments qui traversent peut-être le cerveau de ce reflet ; elle pense qu'elle est en train de voir un enfant, un enfant qui devrait être à la hauteur de la chaise qu'elle vient de déplacer. Elle ne sait pas comment réagir, elle est étonnée de ne pas avoir peur. Une mèche de cheveux est tombée sur son visage jusqu'à la commissure des lèvres et voilà que le reflet y porte la main et replace la mèche derrière l'oreille. Elle ne se rappelait pas avoir fait ce geste. Le voir lui provoque une sensation curieuse, comme si elle l'avait fait précisément pour se ressaisir et que quelque chose sur son visage était devenu plus aimable.

— Écoute, poursuit le reflet, tu ne peux pas rester ici, tu comprends ? Des gens vont venir.

Le ton de sa voix a changé, au point qu'il sourit. Sourit-elle ? Du moins le ton s'adoucit comme lorsque l'enfant obéit, se lève et salue de la main. Ce regard fixé vers la porte est-il de désarroi ou de culpabilité ? Elle ne sait pas. Elle sait seulement que la troisième fois que le reflet se retourne vers l'évier et se met à nettoyer avec le même déhanchement, elle a le temps de déplacer la chaise et de s'asseoir en calculant la position dans laquelle l'enfant devait se tenir quand elle l'a vu la première fois, près de la porte.

La peur a disparu. À sa place, juste une sensation électrisée et une intention : celle que cette fois son reflet la regarde directement dans les yeux.

Alors elle s'efforce de reprendre sa respiration et elle s'assied.

Elle s'assied et attend.

Elle sort de la maison en tremblant. Comme tout est étrange. Les rues. Les personnes. Elle a l'impression de flotter dans quelque chose de dense et de très doux, quand elle ouvre les yeux elle ne voit plus le monde, mais une sorte d'écran distant de quelques centimètres, gélatineux, multicolore, qui couvre toute la surface où porte sa vue. Il y avait longtemps qu'elle ne s'était pas sentie aussi vulnérable. Comme si elle ne percevait le danger qu'à présent qu'il était passé. Le reflet semblait devenir hostile à l'instant où elle avait cessé de le voir. Elle hèle un taxi et se blottit sur le siège arrière, le regard perdu dans les rues. C'est à peine si elle pense à l'enfant. Elle se dit lentement : *Cette scène dans la maison se reproduira*. Ce déhanchement se reproduira et le brusque demi-tour, et le qu'est-ce que tu veux, qu'est-ce que tu veux, et le tu ne peux pas rester ici.

Il lui vient des pensées en vrac : *En touchant le reflet c'est moi-même que je toucherais. Je pourrais reproduire la scène, coordonner mes mouvements avec ceux du reflet.* Elle, qui n'a jamais eu la tentation de la vanité, ressent soudain son mystère. Et ce ton de voix ? C'est comme ça qu'elle parle aux gens ? A-t-elle effrayé l'enfant l'autre jour ? Elle se regarde dans le rétroviseur du taxi, puis de près, sur la vitre. Elle sort son portable et ouvre la galerie de photos. Cette personne qui se répète en boucle dans la cuisine est-elle vraiment la même que celle qui est à la campagne, qui mange et sourit à côté de l'homme avec lequel elle vit, celle qui pose avec une amie d'enfance, ou avec son père ? Jusque-là elle était convaincue qu'elle était comme ça, mais qu'est-ce qu'une conviction ? Rien de plus qu'une pensée figée.

En regardant les photos de son père elle ressent l'envie nerveuse d'être avec lui. Elle ne veut plus penser à la maison. Ou peut-être a-t-elle besoin d'en parler dès que possible, de dire ce qu'elle a vu. Elle pourrait jeter tout cela dans le trou sans fond du père. L'envie est trop forte, aussi demande-t-elle au chauffeur de s'arrêter, elle lui donne l'adresse de l'enfance, le chauffeur claque la langue et change de direction sans rien dire. Elle pense qu'elle va faire une surprise à son père, lui qui n'aime pas particulièrement les surprises. Depuis que la mère est partie, depuis plus longtemps qu'ils ne peuvent se rappeler, le père est le seul endroit habitable, mais un endroit qu'elle a tout le temps envie de fuir. Revenir dans le quartier de l'enfance est, par ailleurs, une sensation toujours identique, comme regarder à travers la vitre un monde aquatique.

Dans l'interphone la voix du père est neutre, bien qu'ils ne se soient pas vus depuis presque trois semaines.

— Monte, dit-il sèchement.

Elle monte les marches deux par deux, comme toujours, mais lorsqu'elle arrive à la porte elle regrette d'avoir ainsi couru. Puis, en entrant, elle se rend compte que son père était sur le point de sortir et que son arrivée l'a obligé à rester. Cela l'a contrarié.

— Tu veux qu'on sorte ? demande-t-elle.

— Non, pourquoi ?

Parfois ils restent comme ça, interloqués par un petit malentendu et ils ont un peu de mal à se ressaisir. Quand elle était enfant et que cela se produisait, ils descendaient au salon de coiffure, à deux rues de là, et elle lui demandait de lui laver les cheveux. Avoir un père coiffeur lui inspirait alors une étrange pudeur, comme devant un eunuque, mais dans l'intimité cette pudeur se muait en privilège. Regard fixé sur le miroir, doigts fermement posés sur la tête, les mains du père se raidissaient et en s'enfonçant dans les cheveux paraissaient traverser le crâne et toucher un inquiétant centre de plaisir.

À sa grande époque son père avait une cour de femmes disposées à attendre leur tour pendant des semaines. Pour elle, cependant, le salon de coiffure, puis salon de beauté, représentait un endroit qui cachait une honte. Parfois, quand elle rentrait du collège elle y allait directement et s'enfermait dans la réserve des teintures pour faire ses devoirs. Si elle s'ennuyait, elle ouvrait la poubelle et plongeait les mains dans la masse tiède des cheveux coupés pendant la journée, d'où montait une odeur grasse et parfumée. Cette masse lui répugnait et la fascinait. Comme les sous-vêtements, les secrets, les gencives des autres.

Le salon de coiffure était aussi le lieu des événements limite, des nouvelles coupes. Par exemple, « les perruques », comme les appelait son père, ces filles pauvres, presque toujours des Gitanes, qui venaient vendre leurs cheveux qu'il fallait ensuite séparer en petites mèches que sa mère liait soigneusement avec du fil. Les cheveux comme matière de luxe, poussés sur une jeune tête, de grands crins noirs vendus à prix d'or. Les « perruques » provoquaient toujours une vague inquiétude dans le salon. Les conversations s'interrompaient, les filles entraient comme des chevaux et sortaient comme des garçons, avec un regard de défi. Et il y avait eu aussi la grande actrice.

Le jour où la grande actrice était entrée pour se faire recoiffer parce qu'on tournait un film publicitaire non loin de là, la styliste était introuvable. Le temps suffisant pour que sa mère coure chercher l'appareil à la maison et la prenne en photo sur le fauteuil où son père s'occupait d'elle. *Elle* était là, disait la photographie, là où *vous* êtes.

— Tu es pâle, ça ne va pas ?

— Je ne sais pas.

Comme presque toujours, l'appartement la décourage, mais elle est touchée par les efforts de son père pour retrouver sa bonne humeur. L'appartement de son père, ses étagères sans livres, son tableau de la fille avec le coq, sa collection de DVD et son téléphone sans fil, cette archéologie technologique. Maintenant elle a honte d'avoir éprouvé de la pudeur. C'est comme si dans les affects, à l'égal des corps, il y avait différentes étapes de mobilité et que l'on ne pouvait pas atteindre l'une sans avoir franchi la précédente.

— Tu veux rester dîner ?

— Oui, pourquoi pas ?

— Pourquoi pas ? sourit-il, et elle sent de nouveau un pincement. Puis elle sort son portable et envoie un message à l'homme avec lequel elle vit. Elle lui écrit qu'elle est avec son père et qu'elle va rester dîner.

Dans la cuisine il décide, presque sans un mot, de préparer les pâtes qu'elle aime. Cuisiner est une chorégraphie. Les deux finissent par se sentir à l'aise et, peu après, elle lui demande directement :

— Tu as déjà vu un fantôme ?

— C'est un peu prématuré pour parler de ta mère.

Elle rit. Ils rient tous les deux. Puis le sujet de la mère s'estompe, comme la pluie, comme le nom de la ville où elle vit depuis presque dix ans avec un nouveau mari.

— Je veux dire, un vrai fantôme.

— Ta tante m'a raconté un jour qu'elle avait vu un fantôme en pleine rue. Elle m'a dit qu'il n'avait rien de spécial, mais que c'était un fantôme. Et aussi que le fantôme s'était rendu compte qu'elle l'avait découvert et qu'il la regardait. Typique de ta tante. Tu as vu un fantôme ?

— Je ne sais pas.

Elle apprécie que le père ne pousse pas plus loin son interrogatoire. Vertu de coiffeur. Elle s'efforce maintenant d'adopter cette vertu. Elle résiste un peu plus à la pression jusqu'à ce qu'elle perçoive, comme une grosseur sous une membrane, l'envie qu'a son père de parler. Un peu plus. Encore un peu. Toujours, dans tout, jusque dans l'aveu le plus atroce, il reste quelque chose à dire.

— Je crois que ça lui fait peur.

— À qui ?

— À ta tante, je crois qu'elle a peur de devenir un fantôme.

Un peu plus. Encore un peu. Presque une minute, une interminable minute où l'on n'entend que la pendule de la cuisine et le grésillement de l'oignon frit. Jusqu'à ce que la résistance cède.

— Peut-être que moi aussi, un peu.

Voilà. Le secret, la créature arrachée à sa grotte, encore visqueuse d'humidité. Maintenant qu'elle est entre eux deux elle a un peu honte de l'avoir provoquée, mais elle ne peut plus la congédier. C'est peut-être pour ça que le repas devient agréable. D'une certaine façon elle n'a même pas besoin de parler de l'enfant. Elle y pense par moments, comme si elle le sentait en train de marcher dans la maison vide, mais cela ne lui cause pas d'anxiété, juste la vague inquiétude d'une rencontre à venir. L'enfant et le reflet paraissent liés, mais d'une manière lointaine, indéchiffrable. Le père et la fille se protègent en parlant de tout et de rien : d'une cousine éloignée, d'un héritage qui a opposé des voisins, d'un accident l'autre jour dans le quartier où une très jeune fille est morte. Ils parlent conscients qu'ils n'ont aucune prise sur la vie des autres, ce qui a l'avantage d'être vrai, et lorsqu'ils finissent de manger elle lui demande subitement :

— Si tu me lavais les cheveux ? Il y a longtemps que tu ne m'as pas lavé les cheveux.

Le père sourit.

— Ça ne va pas être très confortable, prévient-il. Ici je n'ai rien.

Puis, sans débarrasser la table, ils vont tous les deux à la salle de bain. Elle installe une chaise dossier contre le lavabo et ôte son chemisier, le père prend du shampoing et de l'après-shampoing, il titube un peu en cherchant une petite serviette pour couvrir ses épaules et la lui pose d'un geste professionnel. Ils sourient.

— Tu te rends compte ? Il me reste encore des serviettes du salon.

Elle sent sur la nuque le froid du lavabo. Le père prend la chevelure délicatement, comme qui plonge la main dans un sac de légumes, puis arrive l'eau, d'abord froide, puis tiède, et enfin agréablement chaude. Le plaisir de l'eau, toujours limite, le pétillement de la mousse dans les oreilles, la fermeté et la précision des doigts du père. Et c'est alors, au centre diffus de ce plaisir, qu'elle repense à l'enfant et qu'elle a l'impression qu'il l'appelle. Elle a du mal à identifier les mots qui se confondent avec le murmure de l'eau et du savon, le frottement des doigts. Puis tous les sons disparaissent quand le père lui enveloppe la tête avec une serviette sèche.

— Comment c'était ? demande-t-il.

— Quoi ?

— Ce fantôme que tu as vu.

— Ah, il me ressemblait un peu.

Et tous deux sourient, mais chacun pour une raison différente.

Le deuxième jour est un jour de ravissement, de fascination. Elle entre dans la maison et entend un bruit dans la cuisine, celui que fait le reflet en nettoyant, puis c'est le *qu'est-ce que tu veux, tu ne peux pas rester ici, des gens vont venir.* Il est identique à elle. Est-il resté là toute la nuit et toute la journée ? Elle l'imagine dans l'obscurité, posant ces questions, faisant ces gestes, comme un automate affolé, et elle a peur de cette personne qu'elle a été, peut-être ici, toute la nuit. Il lui faut quelques secondes pour croire que c'est elle. Quand elle y parvient, elle ne peut plus se sortir cette idée de la tête.

Elle tente de le photographier avec son portable, sans succès. Le reflet est compact mais son image ne se fixe pas sur l'écran, elle y renonce après plusieurs tentatives. En réalité elle en est soulagée : si elle pouvait le photographier elle devrait aussi le partager.

Pour neutraliser la peur elle l'observe de loin, retranchée derrière une chaise. Elle ne le regarde pas dans les yeux, mais elle observe son corps avec une attention minutieuse, en pensant : *Je dois sauvegarder ça.* Elle devine qu'à chaque fois ce pourrait être la dernière, qu'à tout moment le reflet pourrait disparaître, ou pire, devenir autonome. La simple pensée que la boucle s'interrompe lui fait tellement peur qu'elle en a la chair de poule. Alors elle se concentre sur de petites choses, elle sépare le bras du buste, la main du bras, les gants en caoutchouc. Elle cesse de regarder ses jambes et reporte son attention sur les épaules, la coiffure, ces chevilles dont elle a toujours été si fière et qui maintenant lui paraissent mystérieusement rachitiques. Son propre style, l'accord de ces sandales avec cette robe, est quasiment un portrait en soi : ces vêtements vaguement assortis, impeccables, mais sans harmonie, étudiés, mais qu'elle a portés avec des variantes et de moins en moins de grâce.

Elle ne tarde pas à découvrir ici et là des signes de l'âge. Des signes que pourtant elle connaît bien ; cette ombre de varices au pli du genou gauche, l'aspect terne des cheveux, le tremblement du bras sous l'effet du geste insistant avec lequel le reflet nettoie. Mais la présence de ces défauts est, dans l'ensemble, moins déplaisante que ce qu'elle attendait. Elle a même une surprise agréable, quelque chose de l'ordre d'une satisfaction. Elle comprend, aussi, qu'il y ait des gens qui la désirent. Son corps est d'une fermeté attirante, aux lignes naturelles. Par moments, bien qu'elle ne l'ait pas vue depuis des années, il lui fait penser à la structure du corps de sa mère, à la façon qu'a son poids de s'équilibrer sur ses épaules. Elle sent que la densité du reflet retrouve cette présence, comme si sa mère était un mur distant qui dupliquait soudain, accidentellement, contre toute attente, un sentiment paisible. Pourquoi pas ? Il est facile d'imaginer ce corps en train de courir, de se lever du lit, de se doucher. Il est un peu de biais, mais dégage une énergie vitale.

Le visage est différent. Elle l'évite instinctivement. Si elle le regardait vraiment, elle ne pourrait plus regarder autre chose, et que se passerait-il alors ? Elle le regarde en sursautant, comme celui qui touche quelque chose de brûlant, et chaque fois qu'elle le fait elle a l'impression d'être un peu blessée par l'un des traits. Il suffit que son regard se déplace d'un point à un autre pour modifier la perception complète. Les yeux, les lèvres, le nez. Au début, quand le reflet demande *qu'est-ce que tu veux*, on dirait un professeur de lycée, puis quand il explique, il se radoucit et semble indifférent. Cependant cette douceur ne le rend pas plus aimable. Une ride se forme sous le menton quand il se contracte un peu. Et ces lèvres, ces lèvres qui remuent en parlant, sont-elles celles qui embrassent ? Que se passerait-il si elle s'approchait, si elle touchait cette petite bande de chair avec les doigts ? Que se passerait-il si elle s'approchait, si elle pinçait ces lèvres, si elle les fermait pour qu'elles ne parlent plus ?

Il y a aussi un troisième jour. À l'agence, où elle jouit d'une confiance quasi illimitée, elle n'a aucun mal à trouver un subterfuge. Un peu brusquement elle se dit qu'elle a été si stupide pendant tant d'années que maintenant elle peut profiter de la stupidité des autres. Elle a vendu des maisons dont personne ne voulait, elle a emmené d'innombrables fois le chien moribond de son chef chez le vétérinaire qui est près de l'agence.

De surcroît, cette semaine-là elle vend un appartement compliqué et cela met son chef de si bonne humeur qu'elle peut annuler des visites pour revenir dans la maison sans que personne ne s'en doute. Quand elle y arrive, elle éteint son téléphone.

— Qu'est-ce que tu veux ? dit le reflet.

— Rien, répond-elle.

— Qu'est-ce que tu veux ? insiste-t-il.

— La paix mondiale.

Mais elle ne lui laisse pas le temps de sourire.

— Écoute, tu ne peux pas rester ici, tu comprends ? Des gens vont venir.

— Qu'ils viennent.

C'était un sourire ? Le reflet a-t-il légèrement souri, ou l'a-t-elle imaginé ? Parfois il lui semble que le reflet sourit, pas nécessairement avec sarcasme, mais plutôt une espèce de sérieux, de tristesse. Alors elle ressent pour lui la même affection que lui inspirent parfois des photographies de son enfance ; de la compassion pour cette fillette bloquée, cette fillette qui trompe tout le monde.

— Qu'est-ce que tu veux ? répète le reflet.

— Toi.
— Qu'est-ce que tu veux ?
— Rien.
— Écoute, tu ne peux pas rester ici, tu comprends ? Des gens vont venir.

Elle se demande si le reflet est fait lui aussi de substance vivante, de chair et de dents, si sa tête contient un cerveau. Elle se demande si, en le touchant, elle sentirait simultanément le même contact, comme parfois elle a l'impression que quelqu'un a pensé à elle ou qu'elle l'a rêvé. Elle réfléchit au meilleur endroit où toucher, le dos, peut-être la hanche. Elle ressent aussi une espèce de fureur érotique, comme quelqu'un sur le point de se jeter sur un corps désiré mais dangereux.

Elle décide quelque chose qu'elle n'a pas fait jusque-là : observer le reflet de très près, à quelques centimètres. Elle mémorise ses mouvements pour pouvoir le faire sans risquer de le toucher. Elle vient près de lui et quand il se retourne vers l'évier elle se rapproche le plus possible.

— Qu'est-ce que tu veux ? dit le reflet. Qu'est-ce que tu veux ?

Quand il se tourne vers elle, le visage repose comme un drap sur un meuble. La peau se détend, semble imiter les mouvements d'une respiration superflue. Sous la très mince surface des paupières, les pupilles dansent avec un léger tremblement.

Elle regarde fixement la commissure des lèvres, les narines, la pointe des sourcils. Regarder ainsi minutieusement est une façon d'éviter de le regarder et ce faisant elle a la sensation que le visage devient anguleux là où il devrait être mou et vice versa, mou où il devrait offrir une résistance. Elle éprouve un vague mais intense désir de murmurer quelque chose à cette oreille.

Alors, elle se rend compte. Lorsqu'elle se rapproche du reflet. C'est une découverte presque humiliante : *Je ne suis pas moi*, se dit-elle. *Je ne peux pas être moi.*

Le quatrième jour cette sensation infecte tout. Elle devient nerveuse, irritable. Une dispute se produit avec un collègue de l'agence pendant une réunion et, bien qu'elle ne doute pas d'avoir raison, son attitude sarcastique lui vaut la désapprobation des autres. Être la seule femme de l'agence déclenche dans ces situations une cohésion du groupe des hommes qui redouble son irritation, et quand cela arrive elle perd son seul allié naturel, son chef.

Elle a chez elle les mêmes problèmes avec l'homme qui partage sa vie. L'homme divague plus qu'à l'accoutumée pendant le dîner sur son conflit avec un autre professeur du département et elle a l'impression que son visage, comme celui du reflet, devient inconsistant. A-t-il toujours été ainsi ? Subitement elle le trouve timoré. Elle pense qu'il va se mettre à commenter ce que lui a dit l'autre professeur et qu'elle va devoir se livrer à la fastidieuse tâche de tout analyser mot par mot. Puis, comme elle ne lui dira pas ce qu'il veut entendre, se produira la traditionnelle succession de malentendus. Sa corpulence, dont l'homme joue avec la complaisance de qui a toujours été très gros, la perturbe. Même sa bonté lui paraît un peu douteuse, extension inévitable de l'intimidation naturelle qu'inspire son corps. Il est facile d'être bon avec un tel corps, inattaquable. Si au moins elle pouvait lui dire que depuis trois jours elle voit un reflet d'elle-même dans la cuisine d'une maison vide, cela changerait les choses, mais elle ne le fait pas. Alors ils se disputent. Elle lui dit que s'il veut en finir une fois pour toutes avec cette situation il n'a qu'à parler clairement à l'autre, ou alors qu'il expose le dilemme dans une réunion du département. L'homme avec lequel elle vit se met sur la défensive.

— C'est tout ce que tu trouves à dire ? demande-t-il.

Il est si facile à blesser qu'elle a presque honte. Il suffit de toucher ici, de presser là. Alors s'empare de lui cette espèce de gaucherie habituelle qu'adoptent les enfants quand ils jouent aux adultes et choisissent d'interpréter une scène sérieuse, comme acheter quelque chose ou discuter un prix, ce qui est pour eux le comble de l'âge adulte. Jusqu'à sa façon de rester captif de la colère est un peu infantile. Son geste d'empoigner l'oreiller et des draps pour aller dormir sur le canapé, sa sortie de la pièce avec toute sa rage sur les épaules. Puis comme il ne peut pas faire autrement que de revenir pour se laver les dents, elle a la tentation de se moquer de lui.

Cependant, quand elle se met au lit sa présence lui manque. C'est comme un tintement sec et vibrant, quelque chose qui se fraie un chemin dans l'obscurité. Le regard de l'enfant, ou ce qui soudain lui paraît le regard de l'enfant. Le lien entre la répétition du reflet et cette autre figure avec laquelle elle interagit en une boucle affolée, comme un prisonnier que l'on a privé de lumière et qui se répète mentalement les gestes qu'il se rappelle avoir fait quand il la voyait. Et quand elle ferme les yeux elle a l'impression de l'entendre sans cesse, avec un son métallique et épuisant.

Qu'est-ce que tu veux.

Tu ne peux pas rester ici.

Des gens vont venir.

Le cinquième jour, elle réfléchit avant d'aller à la maison. Elle ne laissera pas le temps la faire hésiter. En entrant, elle ira directement dans la cuisine et touchera le reflet. Et en le touchant, pense-t-elle, en découvrant sa consistance tout s'ouvrira ou s'évanouira, il ne peut en être autrement. Un instant elle se sent euphorique, puis la peur l'envahit. Une peur saturée de réactions possibles, de violence. Elle se rappelle ses années à l'université, la seule fois où elle s'est sentie attirée par une femme, l'espèce de retenue à la toucher qui s'était installée en elle. Elle se souvient qu'elle cherchait tout le temps sa compagnie, mais quand elles étaient seules elle évitait de se tenir trop près. Elle se disait que la toucher allait déclencher des réactions chaotiques, mais un jour son amie lui a pris la main pour lui donner quelque chose. Un geste si rapide, si banal, sans préalable, qu'elle n'avait pas eu le temps de réagir. Ce fut étrange. Le toucher circonstanciel s'était imposé au toucher désiré, révélant quelque chose de ridicule et d'imprévisible : son amie avait les mains râpeuses. Quelques heures après, elle eut l'impression que son béguin s'évanouissait. Se passerait-il quelque chose de semblable avec le reflet ? Elle ne sait pas. Elle sait juste que sa décision est aussi une reddition. Qu'elle immole en elle quelque chose de fondamental, peut-être son instinct de conservation, et toute la journée elle est tendue, assaillie par des images furieuses du reflet qui se rétracte, ou pire, l'agresse.

Quelques heures plus tard elle ouvre la porte de la maison. Comme les autres jours, elle entend le reflet depuis le couloir, mais elle sait maintenant ce qu'elle va voir. Elle entre dans la cuisine et se plante devant lui.

— Qu'est-ce que tu veux ?

— Non, qu'est-ce que tu veux toi ?

— Écoute, tu ne peux pas rester ici, tu comprends ? Des gens vont venir.

— Non, répond-il, personne ne va venir.

Elle fait un pas en avant et il lui semble que le reflet hésite avant de se tourner. Alors elle se jette sur lui et l'étreint dans le dos.

Le choc est si violent qu'il détruit le fantasme. C'est comme étreindre un mannequin en marbre. Pire, un mannequin mobile, articulé, d'une force sinistre. Pour bloquer chacun de ces mouvements apparemment graciles il faudrait une force industrielle, une machinerie, mais cette sensation loin de désactiver son humanité ne fait que la renforcer. Un jour, dans un musée, profitant de l'absence du gardien, elle a touché la hanche d'une statue romaine et senti la même chose ; la pierre représentait mieux la chair qu'une vraie chair. Tant qu'elle reste dans son dos elle peut résister aux petits coups du bras, au léger mouvement de la hanche, mais quand il se retourne, le reflet a une telle force qu'il la pousse contre la paillasse comme un poulain mécanique.

— Qu'est-ce que tu veux ? dit-il, impassible, comme s'il ne s'était rien passé, le regard fixé sur l'endroit où se tenait l'enfant le premier jour. Qu'est-ce que tu veux ?

Le coup est un réveil. Ou peut-être pas ; elle le sait en réalité depuis plus longtemps qu'elle ne veut l'admettre, elle y a pensé aussi le premier jour, embrouillée dans toutes les pensées qui lui sont venues quand elle s'est vue. Elle y a pensé et a écarté l'idée parce qu'elle était trop évidente. Maintenant elle a honte.

— Écoute, dit le reflet, tu ne peux pas rester ici, tu comprends ? Des gens vont venir.

C'est tellement simple qu'elle en serre les mâchoires d'indignation : le reflet n'est qu'une marionnette, un hameçon. L'hameçon dont s'est servi l'enfant pour l'attraper.

Indignée, mais aussi honteuse, elle tarde à rentrer chez elle. Le problème, pense-t-elle, est qu'elle se sent trompée. Comme si on lui avait promis quelque chose avec un sourire qui cachait une grimace. C'est peut-être sa propre coquetterie qui lui fait honte, elle ne sait pas très bien. Il y a si longtemps qu'elle y a renoncé qu'elle a créé au fond de son cœur une espèce d'idéal froid, spartiate. Avoir cédé de manière si flagrante à la fascination de son corps lui inspire la même honte qu'un matin de gueule de bois. Le souvenir du reflet a un halo pâteux, s'être ainsi livrée à toute cette mise en scène de la répétition l'effare. Il y a aussi quelque chose d'infâme dans la ruse grossière avec laquelle l'enfant l'a fait se rapprocher, comme s'il l'avait obligée à se flairer elle-même. Elle sent que tout en fin de compte – la surprise, la prudence, l'anxiété de la révélation – a fini en dépit. Pire encore, elle sent

– ce n'était pas le cas avant – la honte, quasiment la certitude, d'avoir été observée, comme dans ce jeu cruel où l'on cache un objet à quelqu'un juste pour le plaisir de le voir chercher désespérément. Même la figure de l'enfant prend un air pervers. Comme si son ébahissement était en réalité une manifestation de sadisme.

Ce week-end, pour prendre du recul, elle demande à l'homme avec lequel elle vit pourquoi ils ne feraient pas une petite escapade et, le lendemain, ils partent dans la montagne à quelques kilomètres de la ville. Ce n'est pas la première fois qu'ils s'adonnent à cette excursion. C'est une promenade récurrente, qu'ils se sont habitués à faire quand l'un des deux a besoin d'une « escapade ». C'est lui qui a découvert l'endroit. Encore que « découvrir » ne soit pas le mot exact. Elle a toujours soupçonné que, dans la vie de l'homme, cette promenade champêtre était un moment heureux qu'il avait besoin de refaire régulièrement, une espèce de fidélité à laquelle elle a fini par souscrire comme une variation diluée de ce qui, à l'origine, était un plaisir réel.

Étrangement elle ne se sent pas jalouse. Elle est presque amusée. Elle ne se sent pas non plus jalouse d'autres choses apparemment bien pires, ou inquiétantes. De temps en temps, pendant qu'il se douche, elle prend son portable et lit les messages que lui envoie encore son ex-femme et auxquels il répond avec un mélange d'affection et de dédain difficile à évaluer. Ils s'appellent comme ils le faisaient alors : par leurs initiales, ML, PC, ils parlent des voyages qu'ils ont faits, prolongent leur forme d'humour privé comme une langue morte maintenue par ses derniers locuteurs. L'homme qui envoie ou répond à ces messages est loin d'être l'homme avec lequel elle vit. Le premier est faux, le second, vrai. Jamais il ne parle d'elle dans ces messages, alors que son ex-femme lui pose des questions. L'homme avec lequel elle vit observe à son sujet un silence flatteur. Leurs réalités sont parallèles, pas comparables.

Par ailleurs, héritée ou non d'une vie antérieure, cette journée fonctionne. La chaleur du début de l'été et la fraîcheur du bois tiennent leurs promesses : elle oublie un moment la maison et l'enfant, elle ne souffre pas de l'humiliation du reflet. C'est une journée merveilleuse. Ils ne croisent presque personne. En pleine montagne le corps de l'homme paraît plus petit, mais aussi plus imposant. Elle se rappelle pourquoi son corps l'a attirée : cette tension du dos et ce regard concentré, de chasseur. À l'extérieur il n'a plus cette allure fatiguée comme parfois à la maison, cet air d'animal enfermé dans sa cage universitaire, et ses traits retrouvent de la dignité : le nez romain, la barbe de deux jours, rugueuse, grisonnante. De temps à autre il s'arrête pour lui montrer des champignons, il prend entre les doigts une feuille de hêtre et lui explique que les nervures latérales sont parallèles et que, grâce à la phyllotaxie distique, elles captent une grande quantité de lumière. Elle le regarde comme une adolescente envahie d'une soudaine bouffée de désir pour son professeur de sciences naturelles.

Le soir ils s'installent dans un hôtel. Ils dînent au restaurant et se plient à un rituel maintenant partagé. Elle parle beaucoup. Elle parle pour se lasser de parler. Elle lui parle de son père, lui dit qu'il a eu tort de vendre le salon de coiffure, que le manque de talent pour le loisir est une malédiction de la classe laborieuse, elle ne dit pas que l'autre soir il lui a fait l'impression d'un homme qui a coupé trop de cheveux et que sûrement il confond la fatigue avec la tristesse. Elle lui parle de la bonne situation de l'agence immobilière, de l'appartement qu'elle a vendu la semaine passée et de la commission qui – plaisante-t-elle – paie le vin qu'ils sont en train de boire. Puis elle a envie de lui raconter l'anecdote de la maison du suicidé.

— Quel suicidé ? dit-il.

Et comme elle n'enchaîne pas immédiatement, il prend le verre de vin et s'incline un peu en arrière en écartant l'assiette. Bien qu'ils soient depuis deux ans ensemble, ils sont parfois étrangement cérémonieux.

— S'il te plaît, insiste-t-il.

Enfin elle se décide. Le rideau se lève. Il sourit. Elle raconte qu'il y a longtemps de cela elle a dû vendre la maison d'un suicidé. Personne de l'agence ne voulait s'en charger et ils ont fini par lui confier cette tâche. La maison était bien, mais la nouvelle du suicide s'était répandue dans le quartier et il était impossible que les acheteurs n'apprennent pas qu'un jeune homme y avait mis fin à ses jours avec un fusil de chasse. La raison ? Jalousie, pense-t-elle, mais peu importe. Ce qui importe c'est que dans cette salle de séjour, qui évidemment avait été repeinte, il était resté un creux, un petit creux dans le mur causé par la décharge, à peu près au niveau de la poitrine où l'homme avait tiré.

— Un creux, répète-t-il.

— Un petit trou, de la taille d'une montre.

Et tous les jours, quand elle entrait dans la maison, elle ne pouvait s'empêcher de penser à ce trou. Il l'attirait. Elle avait la conviction, comment l'expliquer, que si elle le touchait elle allait comprendre quelque chose, elle s'occupait d'autres choses mais la présence de ce trou continuait de l'obséder. Un jour ce fut trop fort et elle décida de le toucher. Elle se lava les mains, s'approcha et y posa résolument le bout des doigts.

— Et qu'est-ce qui s'est passé ? demanda-t-il.

— J'ai eu un choc. Apparemment les éclats du coup de fusil avaient atteint une partie de l'installation électrique et le courant passait parfois dans le mur. J'avais la main moite. J'ai failli mourir de peur.

Le corps de l'homme est secoué d'un éclat de rire, le sien aussi. Subitement ils sont tous les deux détendus. Joie que toute cette mise en scène mortifère n'a été en fin de compte que la métaphore d'autre chose, quelque chose de plus bête et supportable. Mais ensuite, quand ils font l'amour ce soir-là, quand il descend le long de ses jambes, qu'elle penche la tête et caresse la sienne, qu'elle presse entre ses cuisses, elle se rappelle ce qu'elle a vraiment ressenti ce jour-là, même si cela fait des années qu'elle raconte cette anecdote pour rire d'elle-même ; elle essaie de retrouver maintenant, du moins mentalement, l'énergie, cette inexplicable envie de *toucher* qu'elle avait éprouvée en passant le doigt sur le petit creux laissé dans le mur par la décharge du fusil. Elle se rappelle le picotement persistant dans la main lorsqu'elle était sortie de la maison, qui lui était monté dans le bras et avait mis plusieurs jours à disparaître, un picotement désagréable, comme la plainte d'une chose, d'un petit animal, comme maintenant, quand elle s'y attend le moins, au milieu du plaisir, dans l'obscurité et, comme alors, elle a l'impression d'entendre une voix, pas vraiment des mots, mais une voix, un message qui dit distinctement : *Pourquoi tu ne viens pas. J'ai besoin que tu viennes.*

Elle y retourne le mercredi, après avoir fait visiter deux maisons et perdu patience avec un couple qui s'enquérait des plus infimes détails sur un appartement qu'ils n'avaient pas l'intention d'acheter. C'est peut-être cette irritation qui la pousse à décider qu'elle ne veut plus perdre de temps. Cela et le besoin d'en finir. Elle a souvent pensé que c'est précisément le pire de son caractère, ce manque de sérénité au moment où elle en a le plus besoin. Il y a d'abord une impulsion, puis une autre, la première lui fait perdre son sang-froid, la deuxième la rend irritable. Pense-t-elle alors à l'enfant ? Pas exactement. En réalité c'est comme si cette pensée la pressait, comme si l'enfant était quelque chose qui la prenait par le bras et l'obligeait à faire ce qu'elle n'avait pas envie de faire, une loterie à laquelle elle joue contre son gré, quelqu'un qui la croise dans la rue et frôle son bras, mais délibérément, un de ces chauffeurs qui vous collent obstinément à la roue pour vous inciter à dégager.

Parmi toutes ses peurs, il y a singulièrement celle que l'enfant lui demande quelque chose. Maintenant que les « trucs » ne sont plus possibles, qu'elle est prévenue, la perspective de cette rencontre se pose d'une manière brute. Il lui vient à l'esprit une interrogation à laquelle elle n'avait pas pensé jusque-là : quel type de vie éternelle est la sienne, quel dieu a lié ou condamné l'enfant à cet endroit ? Alors, sur ce qui paraissait un regard niais, se greffent des intentions plus ou moins perverses, de la vengeance qui sait jusqu'à quel point, un lien insensé, quelque chose qui s'est perdu et doit être retrouvé.

Elle va y aller, se dit-elle, une seule fois. Elle annulera les visites. Elle ne touchera pas l'enfant. Ne permettra pas qu'il la touche. Ne lui dira pas son nom. Ne demandera pas le sien. Elle ira, décide-t-elle, pour en finir avec ce besoin d'y aller. S'en libérer. Mais quand elle prend le chemin de la maison elle sent pour la première fois la peur l'envahir. Une peur presque abstraite, semblable à la peur d'une grande souffrance physique, que par ailleurs elle n'a jamais subie, comme la peur d'un coup de couteau, d'être écrasée, de tomber d'une falaise, de la propre imminence de la peur, comme si quelqu'un la prévenait : je vais te frapper jusqu'à t'arracher les dents, jusqu'à t'enfoncer les pommettes. Puis, quand elle arrive à la maison, elle ouvre la porte presque en tremblant et il est là, dans le vestibule, l'enfant.

Il y a quelque chose de décourageant dans sa façon d'attendre. Et plus encore de n'être qu'un enfant. Il est et n'est pas tel qu'elle se le rappelait. Il mesure un peu moins d'un mètre cinquante. Sa peau est olivâtre, son visage est reposé, dénué de toute agressivité et même de toute expression. Il a le même uniforme, la même frange raide sur le front, le même regard un peu ahuri, un short, mais d'un tissu étrangement grossier, les mêmes bottines noires. Il ne bronche pas quand il la voit entrer, mais il réagit quand elle ferme la porte, lève la main et elle sent que son irritation s'évanouit complètement ainsi que la peur qui l'a entraînée jusqu'ici.

— Comment tu t'appelles ? dit-il.

La comparaison entre sa décision pernicieuse de ne pas lui dire son nom et la naïveté réellement ridicule de la question la fait rire. Et lui aussi se met à rire, il n'est plus besoin d'en dire plus.

— Tu habites ici ? demande-t-elle.

— Je ne sais pas.

— Tu ne sais pas si tu habites ici ?

Surpris par la question, l'enfant fronce les sourcils.

Il est difficile de décrire ce premier moment qu'ils passent ensemble. Il y a plusieurs étapes. La facilité aurait été de lui poser des questions sur son école, ses amis, de faire abstraction du fait qu'ils sont seuls dans une maison où il ne reste que quelques meubles abandonnés par les derniers occupants, un espace que cet enfant semble avoir longuement parcouru bien avant qu'elle soit née. Puis elle se livre à un exercice mental, elle observe ses lèvres, le pli de la paupière droite, elle prête une grande attention aux contours du visage, à ces yeux qui ne cillent pas. Des yeux marron, de jument. Elle se méfie de l'intégrité de ces éléments, lèvres, paupière, cou, ou peut-être se méfie-t-elle de la maison : une maison qui paraît une alliée de l'enfant, mais pas pour elle.

Elle n'arrive pas à réfléchir clairement, peut-être parce que toutes ses questions ont quelque chose de vain : qu'est-ce que tu fais ici, où sont tes parents, des questions auxquelles l'enfant ne répond pas, ou qu'il répète comme si elles étaient mal formulées.

— Où est ta chambre ? finit-elle par demander.

La question provoque chez l'enfant un sourire satisfait. Il est mignon quand il sourit, presque beau. Il se tourne vers l'escalier et la regarde en coin, pour s'assurer qu'elle l'accompagne.

— Tu vas me montrer ta chambre ?

— Oui.

Mais subitement elle sent une résistance, comme un rappel de sa peur antérieure, et quand ils arrivent à la chambre elle se rend compte qu'elle y est montée plusieurs fois les jours où elle avait découvert son reflet. C'est une petite chambre à l'étage, bien éclairée, mitoyenne de la bibliothèque, et avec une petite salle de bain.

— Tu m'as vue l'autre jour ? demande-t-elle.

— L'autre jour ?

Il n'y a pas d'autre jour pour l'enfant, pense-t-elle.

— En bas, dans la cuisine.

L'enfant sourit de nouveau. Mais si le souvenir n'existe pas, la perception doit exister. L'enfant ne se souvient pas, mais le souvenir semble affleurer maintenant, pour la première fois.

— Oui.

La voit-il deux fois : maintenant et avant ?

L'enfant se penche vers le bas de l'armoire encastrée, il ouvre un tiroir et se penche. Un instant la moitié de son corps disparaît avalé par le meuble. Il cherche son trésor. Il sort une boîte en carton, criblée de trous.

— Je l'ai trouvée dans le jardin, elle est très *jolie.*

Ils s'assoient par terre, la boîte entre eux. Elle pense que de même qu'il y a eu en elle un moment d'indécision et de peur, de même l'enfant en a-t-il peut-être éprouvé un semblable, et que si elle avait fait un geste déplacé il se serait rétracté, mais quoi qu'il en soit ses attentes sont comblées et l'enfant ouvre triomphalement la boîte. À l'intérieur, comme revenu d'un voyage dans le temps, le cadavre d'une sauterelle monstrueusement grosse. Une carcasse d'insecte vide, dévoré par les fourmis. Elle a toujours eu une répugnance naturelle pour les sauterelles, mais à la différence des vivantes, cette carcasse est d'une élégance raffinée, on dirait une petite flûte en bois avec un grand col de caban et une bouche équine, des yeux incrustés puis évidés, des yeux de prophète. Et, en regardant de tout près, à l'intérieur de cette bouche elle distingue des dents minuscules que les fourmis n'ont pas voulu ou pu dévorer.

— Fais attention, dit l'enfant, je ne veux pas qu'elle s'échappe. Elle vole.

Elle comprend alors qu'ils ne regardent pas la même sauterelle. Pour l'enfant, la sauterelle évidée qu'elle tient à la main remue ses longues antennes, ouvre et ferme la bouche. Sa main tient une sauterelle morte et vivante. En regardant fixement les pupilles de l'enfant, elle constate que ses yeux cristallins reflètent les mouvements de l'insecte. En avant, de côté.

— Tu vois ? Elle a failli s'échapper, dit l'enfant.

Elle protège l'insecte entre ses mains. Il y a deux mondes, oui, mais superposés.

— Qu'est-ce que tu vas en faire ?

— C'est ma prisonnière, dit l'enfant. Je ne sais pas encore.

— Tu vas la tuer ?

— Peut-être, répond-il l'air sérieux.

Elle attend quelques secondes. Vertu de coiffeur. Elle supporte un peu plus la pression jusqu'à ce qu'elle sente, comme une grosseur sous une membrane, l'envie de parler de l'enfant. Encore un peu. Toujours, dans tout, jusque dans l'aveu le plus terrible, il y a encore quelque chose à dire.

— Peut-être que je vais lui construire un petit chariot, je l'ai déjà vu une fois.

Un peu plus, encore un peu. Presque une minute maintenant, une interminable minute où l'on n'entend que la brise dans les branches des arbres du jardin.

— Après, si j'en trouve beaucoup, je pourrais faire une armée.

C'est son projet secret : une grande armée de sauterelles équipées de petits chariots. Elle la voit aussi nettement que le visage de l'enfant, plus aimable maintenant après son aveu. C'est comme si son absence de cillement faisait de lui une version purifiée de l'humain, un de ces tableaux de la Renaissance où les enfants posaient à côté d'un animal. Et comme chaque fois que se crée une intimité entre deux personnes, ils ressentent du soulagement, mais aussi l'envie de se séparer.

— Je dois m'en aller, dit-elle en se levant peut-être pour la dernière fois. Maintenant qu'elle a enfin parlé avec l'enfant elle n'est plus très sûre de vouloir recommencer.

— Tu vas revenir ? demande l'enfant.

— Je ne sais pas, répond-elle, et le silence devenant insupportable, elle ajoute : J'ai beaucoup de travail.

Elle est émue par l'air résigné de l'enfant, une résignation pleine de dignité. Il n'a pas l'intention d'insister. De supplier. Et ils redescendent l'escalier, mais avec la tristesse d'un couple sur le point de rompre. Cette délicatesse de l'enfant, qui la raccompagne alors qu'il pourrait l'abandonner à son sort, le rend particulièrement aimable. De la délicatesse quand la délicatesse n'a aucune importance.

— Écoute, s'entend-elle dire au dernier instant, avant d'arriver à la porte. Ne t'inquiète pas, je vais peut-être pouvoir m'échapper pour revenir.

Puis, parce qu'elle sourit, ou parce qu'il soupçonne qu'il est facile de mentir à un enfant, il dit :

— J'aimerais que tu reviennes.

Et après un silence :

— J'ai besoin que tu reviennes.

Le monde n'est jamais là. Il n'est pas à l'agence immobilière, quand elle s'y rend pour la réunion sur les objectifs hebdomadaires avec son chef, il n'est pas dans son petit bureau, ni sur la table couverte de Post-it, ni dans les tiroirs remplis de clés, le monde n'est pas dans ces maisons aujourd'hui vides et demain occupées, ni dans les animaux qui nous accompagnent puis qui meurent, comme ce chien que son chef ne veut pas laisser chez lui et qui ne cesse de gémir dans les toilettes de l'agence, il n'est pas dans l'horloge qui dit qu'il est sept heures du soir et qu'elle peut partir. Toute la vie est dans la forme d'un message qu'elle écrit à son amie d'enfance et auquel celle-ci répond aussitôt :

où es-tu, mon amie ?

dans le parc, avec Spiderman

Mais s'il suffit d'une amie pour vaincre le sombre animal de la maison, pourquoi alors s'inquiète-t-elle lorsqu'elle la voit de loin, une demi-heure plus tard. Elle est venue à pied depuis l'agence et quand elle est arrivée au parc elle a eu un peu de mal à la reconnaître parmi les autres mères. Sous l'ombre mouchetée des arbres, il y a un rideau de cris comme une peluche épaisse, enfants qui courent, pères neutralisés par leurs téléphones portables. Enfin elle la voit : c'est la seule qui la salue à côté d'un Spiderman d'un mètre.

— Tu ne dis pas *bonjour* ? demande-t-elle à Spiderman quand elle se trouve tout près.

— Dis *bonjour*, ordonne l'amie en le secouant un peu. Ça fait trois jours qu'il porte le costume.

— Dis *bonjour*, répète Spiderman en imitant la voix de sa mère.

Les yeux argentés occupent presque la moitié d'un visage sans bouche.

— Il est insupportable.

Peut-être que Spiderman est insupportable, mais cela ne l'empêche pas de faire un bond pour exhiber ses pouvoirs et revenir se cacher entre les jambes de l'amie.

— On ne te voit plus, ma grande.

— Je sais.

— Quelque chose à ajouter pour ta défense ?

— Beaucoup de travail.

— Nous vous déclarons coupable.
— Aïe.
Tel est son langage. Cet échange peu démonstratif auquel elles sont habituées est-il suffisant ? Il l'a toujours été, mais pour quelque raison il semble l'être moins aujourd'hui. Alors elle fait un geste instinctif. Elle s'approche et lui donne un baiser. Ce qui la surprend un peu. Un instant de candeur, presque une fuite en avant. Elle l'embrasse pour ne plus avoir envie de l'embrasser, mais elle touche chez son amie un point sensible.
— Affectueuse.
— *C'est tout moi*[1].
Spiderman s'ennuie et demande s'il peut aller aux balançoires. Il s'éloigne avant même qu'elle s'assoie et l'amie cesse de le regarder. Voilà. Elles se connaissent depuis l'âge de dix ans. Elle est pâle et imposante. Plus butée. Elles ont été heureuses, espiègles et stupides ensemble. Elles ont eu chacune leur lot d'amertume. Ligotées de veines bleues leurs mains en témoignent. Même quand son amie l'évite elle sait ce qu'elle ressent. En la voyant devenir mère, elle a su il y a des années qu'elle ne voulait pas le devenir et depuis lors cette affaire a été tranchée dans une conversation où elles en ont parlé avec une franchise totale. Spiderman se balance et elle pense que cette conversation a été

1. En français dans le texte.

en fin de compte un peu malhonnête, qu'il n'y a rien d'aussi malhonnête que la prétention de pouvoir dire *toute* la vérité. Peu importe. Chaque fois qu'elle voit son amie avec Spiderman elle s'imagine avec un enfant et aussitôt elle pense : *Non*. Un « non » qui, loin de gâcher cette scène, la rend mystérieusement joyeuse.

Maintenant qu'elle est devant son amie elle se rend compte qu'elle ne peut pas lui dire qu'elle a vu un enfant dans la maison, cela déclencherait un dialogue absurde. L'amie penserait qu'elle plaisante et elle serait obligée d'insister, puis elle prendrait un air grave et leur conversation devrait reprendre depuis le début.

— Tu as un amant, dit-elle de but en blanc.

Elle rit.

— Pourquoi ?

— Je pensais que c'était ce que tu allais dire. Donc tu es toujours avec le bûcheron.

— Le bûcheron ?

— Je dis n'importe quoi.

Elle sourit et quelque chose en elle s'écrie : *Tu brûles !* Mais l'amie n'insiste pas et cherche Spiderman du regard. Puis, comme si son attention l'avait provoqué, Spiderman tombe de la balançoire. Alors qu'il est encore par terre elles tentent de lui enlever son masque, mais Spiderman ne se laisse pas faire. C'est douloureux mais il ne pleure pas. Ils s'assoient tous les trois sur le banc et l'amie lui demande :

— Tu as mal ?

— Non.

— Où tu as mal ?

— Là.

Il y a un instant de pause. Les mots de consolation sont sans effet, la douleur se propage dans le genou de Spiderman mais aussi dans la main de l'amie, puis dans son regard, la douleur n'est pas exactement une réaction, plutôt une petite lueur qui saute d'un corps à l'autre. L'important est moins de la sentir que de voir la transformation qu'elle provoque, ce qu'elle fait à celui qui la subit, comment elle engage celui qui la regarde. Et ainsi, peu à peu, Spiderman devient ce qu'il est : un superhéros pas très sûr de lui-même. Il passe la main sous son masque, essuie sa morve et en moins d'une minute il est de nouveau sur la balançoire. Maintenant l'amie ne le quitte plus des yeux. Un automatisme invisible qui hameçonne les deux femmes.

— Maman, regarde !

Et maman regarde.

— J'en peux plus, dit-elle.

Mais elle dit *J'en peux plus* précisément dans le sens contraire, pour confirmer, étonnée, qu'elle peut encore. Puis elle se roule une cigarette et l'allume en regardant fixement son amie, comme si elle comptait ses taches de rousseur une à une.

— Quoi ? dit-elle.

L'amie crache un brin de tabac et répond :

— Non. Toi d'abord. Tu me racontes ce qui t'arrive ou tu ne me racontes pas ?

Non, elle ne lui raconte pas ce qui lui arrive, mais un instant il se passe quelque chose d'encourageant : elle comprend ce qu'elle doit faire. Elles parlent dans le parc en buvant deux bières qu'elles ont achetées dans un restaurant chinois et l'amie avoue que c'est elle qui a un amant, un amant de merde qui passe ses journées en réunions, et elle ne cesse de regarder si ce crétin a répondu à son message, *elle, elle*, pendue à son téléphone pour savoir si le crétin a répondu à son message.

— Le pire, c'est qu'il est moche, l'enfoiré, comme un pou.

Elles éclatent de rire et donnent son goûter à Spiderman, qui relève le masque jusqu'au nez. Plus tard, quand elle arrive à la maison, qu'elle dîne et se couche à côté de l'homme avec lequel elle vit, l'image de Spiderman et de son amie reste en suspens et devient encore plus nette. Ce sont des masses d'énergie. Une énergie semblable à une ville parcourue mille fois par des personnes, puis par d'autres, une ville pleine de rues et de places, où des habitants complètent à leur insu des gestes commencés par d'autres. Elle pense à tout cela. Et aussi à autre chose qui est arrivé ce jour-là : chaque fois que Spiderman s'approchait pour demander quelque chose à son amie, il lui disait : *Tu sais quoi ?*, et elle répondait : *Non je ne sais pas.* Et ce petit refrain, appliqué parfois à quelque chose de banal et d'autres fois a quelque chose d'important, ce petit refrain qui ne signifie rien, sauf l'amorce d'une chose qui va être dite, était en réalité le véritable fond de leur relation.

Voilà ce qu'il me faut, pense-t-elle. *Un jeu à apporter à la maison.*

Elle repense à sa vie et constate avec honte qu'elle a peu joué. Elle se rappelle un jeu, précisément, qu'elle faisait avec son amie quand elles étaient petites, un jeu étrange qui allait très rarement jusqu'à la cruauté, mais la frôlait toujours : un jour l'une était l'esclave de l'autre, le lendemain c'était l'inverse. Et celle qui possédait l'esclave pouvait passer la journée à donner des ordres arbitraires : *Esclave, nettoie ça*, ou dissimulant des envies voilées : *Esclave, ouvre la bouche*, pour lui poser ensuite un doigt sur la gencive où manquait une dent : *Esclave, ne bouge pas*, et glisser ensuite un bâtonnet dans l'oreille, assez profondément pour voir l'esclave se raidir et frissonner.

C'était merveilleux d'avoir une esclave, mais encore plus d'en être une, encore plus d'avoir été cruelle pour avoir peur de la revanche, plutôt la peur que le pouvoir, plutôt être objet que d'avoir un objet, plutôt attendre un ordre que le donner, perdre complètement la volonté avant de sentir son poids : *Esclave, ouvre mon sac à dos, cherche mon cahier*, comme si même ce geste ordinaire, ouvrir le sac de votre maîtresse, chercher le cahier de votre maîtresse, était, privé de la possibilité de *désobéir* : fascinant. Et maintenant elle écrit : *Je ne suis pas ici. Je n'existe pas.*

Seuls les vivants ont la possibilité d'être incohérents, pense-t-elle, la mort condamne à la cohérence. Elle pourrait décider de ne pas se rendre à la maison, mais l'enfant ne peut cesser de l'attendre. En cela réside leur inégalité. D'autres choses aussi, peut-être. Il se peut que l'enfant sache ce qu'il attend d'elle, mais elle ne sait pas ce qu'elle attend de lui. Du moins comme elle sait ce qu'elle attend du monde ou de son travail à l'agence. Le jeu établirait une règle différente : la possibilité de jouer, et aussi son inquiétude. Car celui qui joue ne sait jamais ce qu'il va devenir. Si elle jouait avec l'enfant, que deviendrait-elle ? Le fait que le jeu soit dépourvu de tout fondement et même de justification le rend encore plus désirable. Elle pense qu'elle n'a jamais vraiment pris de risques dans sa vie, aux rares fois où elle a laissé d'autres personnes s'imposer, décider à sa place. Elle s'est toujours protégée en anticipant la possibilité d'une perte de contrôle : sports dangereux, voyages dans certains lieux, relations sentimentales ou épreuves physiques, transgression la plus simple jusqu'à la honte de devoir l'avouer, elle pense qu'en réalité c'est toujours elle qui a posé les règles, les garde-fous, décidé de ce qui était ou non raisonnable, mais elle se dit aussi que son apparent stoïcisme n'est qu'une forme sophistiquée de lâcheté.

Pendant quelques jours, en attendant de pouvoir retourner dans la maison, elle essaie d'imaginer que c'est l'enfant qui impose les règles. Un instant c'est comme si elle visualisait sa propre destruction. Elle imagine que l'enfant l'oblige à faire quelque chose d'horrible : à chercher quelque chose d'infect, à pourchasser quelqu'un, pire encore, elle imagine que cette chose horrible fait partie, précisément, des termes d'un jeu, c'est-à-dire, le plaisir de l'autre face à sa souffrance à elle, mais elle reprend confiance en revoyant ce moment où l'enfant l'a raccompagnée jusqu'à la porte, cet enfant aimable même quand l'amabilité n'était plus nécessaire. Elle décide que ce sera l'enfant qui établira le pacte. Elle décide aussi qu'elle ne prendra aucun engagement professionnel ce jour-là, qu'elle éteindra son portable et sera prête à faire ce que l'enfant voudra. Et cela lui donne envie de rire. De soulagement mais aussi d'angoisse. Comme si elle avait chargé un revolver et s'était enfoncé le canon dans la bouche, juste pour jouer avec l'idée de tirer.

En le voyant dans le vestibule, sa nervosité s'apaise un peu, mais pas l'inquiétude. Il n'a pas changé : menu, l'air ahuri dans son uniforme marron, mais c'est elle qui a changé. Elle est sûre que l'enfant ne lui fera pas de mal intentionnellement, elle se demande plutôt s'il pourra se contrôler. C'est la première fois qu'elle y pense : l'environnement de l'enfant, les forces qui l'ont lié à la maison. S'il n'a pas pu les neutraliser, comment le pourrait-elle ?

— Tu es revenue, dit-il avec ce qui ressemble à un sourire.

— Je suis revenue.

Il paraît tendu, il écoute comme les autres fois, mais sans faire aucun geste. Elle comprend maintenant que la tension de ses traits ne tient pas tant à sa nervosité qu'à la morphologie du visage : dur bien qu'il soit un peu potelé. Elle pense : *Quoi qu'il dise il aura raison.*

Et elle se rend compte aussitôt que c'est en réalité la première règle du jeu : c'est l'enfant qui établit les règles.

— On va faire quelque chose, dit-elle. À quoi tu aimerais jouer ?

— À cap ou pas cap, répond-il immédiatement.

— Comment on y joue ?

— On dit un truc difficile et l'autre doit le faire.

— Qui commence ?

— On tire à pile ou face.

Elle prend une pièce et dit face. L'enfant sourit en la voyant tomber.

— C'est à toi.

Quand elle jette un coup d'œil autour d'elle, son regard se perd dans la maison. Dehors un nuage masque un moment le soleil et le vent pousse l'ombre à l'intérieur, puis la clarté revient, violemment. À côté de l'enfant il y a un portemanteau et une petite table avec des tournesols. L'escalier est couvert d'un tapis vert et rouge avec des motifs persans. Dans le jardin, le gazon est tondu. Elle remarque tout cela sans surprise, comme la première fois. Elle se retourne et soudain tout est là. Parce qu'elle a décidé de jouer ? Elle ne sait pas.

Donc c'était comme ça quand l'enfant vivait dans la maison. Mais pas complètement, seulement à certains endroits repérables, de simples objets apportés ce jour-là, qui sait pour quelle utilité. Ce sont des éléments solides, ils reflètent la lumière, projettent des ombres. Si elle le voulait elle pourrait les toucher. Voir incidemment et en partie seulement comment était la maison quand l'enfant y vivait est comme regarder à la fenêtre d'un train au moment où les poteaux fragmentent le paysage. Ce sont des objets chargés de conscience de classe, réclamant de la délicatesse, comme des animaux exotiques. Quand elle était petite, pendant l'année où le salon de coiffure de ses parents fut particulièrement prospère, elle avait intégré, sur l'insistance de sa mère, un collège privé où toutes ses camarades venaient de familles manifestement plus aisées que la sienne. Ce fut une année morcelée, avec des week-ends dans des maisons semblables à des musées, une année imprégnée de perplexité face au luxe qu'elle a considéré depuis lors comme quelque chose de triste. À la vue de tous ces objets elle retrouve certains sentiments de cette année-là. Mais que ressent cet enfant dans un tel décor ? Que ressent-il quand toutes ces choses sont pour lui naturelles, quand il se réveille et que l'ordinaire est un jardin avec une piscine, quand il pose tous les jours sa veste sur ce portemanteau élégant, que se passe-t-il quand ces choses ne sont pas la preuve ni le complément du bonheur, mais sa perpétuation, plus durables que la vie même parce qu'elles ont appartenu et appartiendront à d'autres personnes ? La présence de ces objets la rend subitement timide face à l'enfant. Un peu hostile, aussi, parce qu'ils effacent l'abnégation à laquelle elle avait consenti au début et la renvoient à sa propre histoire. Elle se rappelle soudain qui elle est, une agente immobilière de trente-six ans, fille d'un coiffeur, devant un gamin riche.

— Je veux que tu sois mon esclave, dit-elle.

Elle perçoit la crispation de l'enfant, la légère excitation dans son corps.

— Comment on fait ? demande-t-il.

— On obéit.

Elle lui dit : *Tu sais dessiner ?* et l'enfant répond que oui. *Alors fais-moi un dessin. De qui ?* demande l'enfant. *De moi*, dit-elle. Puis, comme dans l'enfance : *Fais-moi un dessin, esclave.* Et l'enfant sourit, ce qui indique qu'il a compris le jeu. *Qu'est-ce que tu attends, esclave ?* répète-t-elle, sans avoir pensé à un détail élémentaire : il n'a ni crayon ni papier. Alors elle prend son sac, en sort le cahier de l'agence, l'ouvre sur une page blanche et le lui tend avec un stylo bille. L'enfant s'exécute avec trop d'enthousiasme, il fait six ou sept traits décidés, puis se ravise. *Je peux recommencer ?* demande-t-il, *ça ne compte pas. Pourquoi ?* réplique-t-elle. *Parce que ce n'est pas toi.* Et avant qu'elle l'y autorise, il recommence. Il retourne la page et cloue sur sa maîtresse ce regard cristallin qui ne cille pas. Peut-être l'a-t-on parfois regardée ainsi fixement dans la vie, mais jamais comme ça. Pas pour lui demander quelque chose, pas pour la séduire, pas pour la menacer. Pas pour demander des explications. Pas pour dire : *Je m'en vais.* Mais pour la subjuguer. Elle peut presque décrire l'endroit de son visage que perfore le regard de l'enfant pour le coucher sur le papier, sa façon de parcourir ses lèvres, son nez, sa bouche.

Elle lui dit : *Raconte-moi une histoire, esclave. Une histoire comment ?* demande l'enfant. Et ils marchent ensemble jusqu'au jardin. *Une histoire que tu aimes beaucoup, esclave, une histoire que tu t'es inventée.* L'enfant commence alors sans hésiter l'histoire d'une révolte de serpents dans la forêt, un soulèvement de serpents rusés qui piquent d'abord d'autres animaux et les tuent, protégés par leur ressemblance avec les lianes. *Et pourquoi les serpents se révoltent ?* demande-t-elle. *Parce qu'ils ressemblent aux lianes*, répond l'enfant. Peu importe qu'il confonde la possibilité du mal avec sa motivation, la possibilité du mal *est* sa motivation. *Alors s'ils ne ressemblaient pas aux lianes, ils ne seraient pas méchants ?* demande-t-elle, et elle s'étonne du sérieux, de l'air concentré avec lequel il acquiesce, résolvant ainsi l'énigme. *C'est toi qui t'es inventé cette histoire ?* demande-t-elle. *Parce que si ce n'est pas toi, pour moi elle n'est pas valable.* Alors l'enfant s'indigne : *C'est moi qui l'ai inventée !* tendu, les poings fermés dans les poches. Et sous l'effet de l'indignation son corps s'électrise, se tord, comme un serpent qui devient agressif juste parce qu'il ressemble à une liane. *Je te crois*, dit-elle, puis : *Comment ça finit, esclave.* L'enfant hésite. Peut-être qu'il se venge. *Il n'y a pas de fin*, répond-il.

Elle lui demande, un peu hésitante : *Tu sais faire des massages, esclave ? Oui*, répond l'enfant. Il est difficile de préciser ce qu'il ressent. Elle a posé cette question en ayant aussitôt peur de sa répercussion. Elle soupçonne que ce n'est pas la première fois qu'on la lui pose, qu'il a déjà fait beaucoup de massages avec ses petites mains, presque carrées, et que la plupart du temps on l'en a félicité. Elle devine que l'enfant accorde une grande importance au fait de donner du plaisir et que le plaisir est toujours une contrepartie, parce que lorsqu'il fait un massage il peut demander quelque chose en retour : carte blanche. *Il faut que tu te tournes*, dit l'enfant, *comme ça on ne peut pas faire un massage.* Alors elle lui tourne le dos. Elle sent les mains chaudes de l'enfant, chaudes comme s'il les avait passées sous l'eau, puis le plaisir, un plaisir qui lui hérisse la peau, lui parcourt le dos jusqu'aux épaules, et elle se demande comment il a fait les autres fois, si c'était d'une façon plus intime que maintenant, sans préalables ni accords. Par amour. Avec la simple conscience d'un enfant qui veut qu'on le trouve gentil.

Enfin, arrive le moment de la contrepartie, alors que le jour décline.

Il demande : *Alors, tu es mon esclave maintenant ?* Et elle répond : *Oui. Et je peux te demander de faire ce que je veux ?* Elle répond : *Tout ce que tu veux.* Et ce n'est pas le goût de l'or, ni celui d'être le premier en tout, ce n'est même pas l'envie de sortir de la maison, aucun ordre sinistre, aucune recherche, mais autre chose de plus insaisissable. Une tentation peut-être, la pire de toutes : celle de transformer la personne qui s'offre en celle qui se cherche.

Elle s'arme de courage, mais à l'instant où il va parler, il baisse les yeux.

Je veux que tu te coupes les cheveux.

Tôt ou tard cela devait arriver : le chien est mort.

— C'est déjà bien qu'il ait vécu jusque-là, dit son chef.

Ça s'est produit aux premières heures du matin, un jour avant les vacances. La veille, quand ils ont fermé l'agence, le chien haletait tellement que le chef n'a pas osé le déplacer et il est resté avec lui dans le bureau. Il pensait que ce n'était plus qu'une question de minutes, mais l'animal a passé toute la nuit à gémir, le museau entre les pattes, couché près de son maître.

Quand elle arrive à l'agence il n'est pas encore mort. Par moments ses sourcils tremblent, mais il y a aussi une maîtrise de la mort qui l'entoure : toute une dissection qui sépare déjà des parties du corps. Le chef a chargé les autres employés de s'occuper des dossiers en cours, il ne voulait pas les voir sur place, mais quand elle arrive il se détend un peu et lui demande un café. Il est trop triste pour faire quoi que ce soit. Il a très mal dormi.

Ils sont en train de se servir du sucre lorsque le chien cesse de respirer. Ils ne s'en rendent pas compte tout de suite, elle lui demande s'il veut un autre sachet de sucre et à l'instant où il répond deux, ils découvrent que le chien est mort. Elle s'étonne du peu de réaction de son chef malgré sa tristesse. Et de le voir verser le sucre dans la tasse en ne cessant de faire tinter la petite cuiller.

— C'est fait, dit-il.

Et, comme elle reste silencieuse :

— C'est déjà bien qu'il ait vécu jusque-là.

Ils boivent leur café le regard fixé sur le chien. Le chef lui demande si elle pourrait annuler ses rendez-vous pour l'aider à faire quelque chose, et elle répond que oui. Elle a toujours bien aimé son chef, mais elle s'étonne d'avoir si peu pensé à lui jusqu'à aujourd'hui, à ses faiblesses, à son évidente addiction au travail, à sa fille adolescente qui le fuit constamment. Il y a des années qu'il gère des maisons vides en accumulant de l'argent qu'il ne dépensera pas, il a un sens de l'humour vieillot et des poils aux oreilles que quelqu'un devrait lui dire de se couper. C'est curieux : elle travaille pour lui depuis plus de six ans et elle n'a jamais pensé à des choses aussi simples. Maintenant elle est émue par sa tristesse comme par celle d'un proche un peu désemparé dans la vie. Cependant la mort est réelle. Le soleil et la chaleur emplissent le bureau d'une odeur lourde. Le chef lui dit qu'il a déjà tout prévu, qu'il a une pelle dans la voiture et qu'il voudrait enterrer le chien dans un endroit de la montagne où ils allaient se promener ensemble. Elle le regarde en ouvrant de grands yeux.

— Je sais, dit-il. On dirait une blague.

Il se passe alors quelque chose d'étrange, tous deux se mettent à rire. À rire comme seulement on rit quand quelqu'un meurt, comme si le rire rebondissait dans une cavité à la fois exiguë et effrayante, et quand ils cessent, le chef prend un sac qu'il avait rangé dans un tiroir de son bureau, ils y glissent le cadavre du chien et l'emportent jusqu'au coffre de la voiture.

En chemin ils partagent un étrange moment de sérénité. Dehors, le monde accomplit ses obligations, mais eux partent vers la montagne avec un chien mort dans le coffre, et les vitres baissées, comme soulagés, peut-être parce qu'ils ne sont pas morts. La mort est tellement réelle qu'elle crée une abominable aura de joie. Ils parlent des vingt jours de vacances qui commencent demain. Le chef lui dit qu'il ne sait pas ce qu'il va faire, qu'il attendait de voir comment ça allait se passer pour le chien, et que maintenant ça dépend de son ex-femme et des jours qu'elle a prévus avec leur fille. Elle lui dit qu'elle n'en a pas encore parlé avec l'homme qui vit avec elle. Ils iront, suppose-t-elle, sur une plage du nord. C'est bizarre qu'ils n'aient encore rien décidé.

Quand ils arrivent à l'endroit, elle a envie de l'aider et lui demande la pelle. C'est un ruisseau plutôt moche, près d'un parking, mais suffisamment caché pour qu'il passe inaperçu. Elle comprend que ce soit devenu un espace privé, malgré la laideur de l'endroit. La lumière se dilue entre les arbres et la mousse de la rive fait penser à une peau brillante avec laquelle le chien a dû souvent jouer. Quand la brise souffle quelque chose parcourt cet endroit, la conscience, peut-être, d'un espace privé. Le chef observe un silence taciturne et ils se relaient pour creuser sans rien dire. C'est comme le partage d'un exercice physique, une séance d'aviron. La fatigue impose la solidarité et après plus d'une demi-heure ils se sourient, trempés de sueur, étonnés que creuser un trou aussi petit soit si éreintant. Ils y déposent le corps qui en heurtant le sol fait un bruit de sac de ciment. Le trou n'est pas assez profond, un monticule reste visible. Elle pense qu'au premier orage d'été le cadavre émergera de la terre mais ni elle ni lui ne seront là pour le voir.

— Merci de ta compagnie, dit le chef en s'adressant au chien.

Ils restent un instant silencieux et elle est terrorisée à l'idée que son chef l'invite à prier. Quand elle était petite elle regardait fixement le ciel jusqu'à sentir le vertige d'une chute vers le haut, elle pensait que l'âme n'était pas immatérielle mais une chose solide et petite, comme les boutons de nacre des gilets et des chemisiers en dentelle, elle se dit que l'âme du chien tombe vers le ciel et elle n'a plus honte de ses pensées quand le silence se rompt et qu'elle perçoit le corps de son chef agité de sanglots, ni non plus quand elle s'approche de lui et pose, par compassion, une main sur son épaule, à laquelle il répond par une forte accolade inattendue. Elle est un peu gênée par le corps pesant de son chef, ses épaules, sa sueur mêlée de cette eau de toilette qu'elle sent tous les matins depuis six ans sans y prêter vraiment attention. C'est comme étreindre un père, un professeur, un curé. L'étreindre au moment où il cesse de l'être.

C'est fini. La mort est persistante, mais la vie encore plus. La vie engloutit la mort du chien, comme la banalité engloutit la solennité, sans complaisance : ils se séparent un peu honteux, ils ont soif, il faut faire le plein d'essence pour regagner la ville. Pendant le trajet de retour, tandis que son chef conduit, elle ouvre le cahier de l'agence et examine une par une les ventes en attente.

— Tu avais raison, dit-il.

— En quoi ?

— Cette maison, c'est un os. Il n'y a pas eu d'offres, non ?

Elle frémit. Depuis des semaines elle bloque toutes les personnes qui s'y intéressent. La femme qui l'a visitée le premier jour et qui paraissait séduite n'a pas résisté à deux mails sans réponse. Un homme aussi, intéressé au début, mais qui après trois appels restés sans réponse a envoyé un mail à une autre adresse de l'agence sous le titre *Vous voulez réellement vendre cette maison ?* Elle a pu l'effacer à temps, avant que personne ne l'ait lu. Elle pense que son chef serait très irrité de l'apprendre, alors elle lui répond qu'elle l'a fait visiter une douzaine de fois, qu'une femme a semblé intéressée mais n'a pas donné suite.

— Pourquoi tu ne me l'as pas dit ?

— Parce que ça n'a rien donné.

Le chef fronce les sourcils face à cette réponse évasive qui ne lui ressemble pas. À un autre moment il aurait sans doute réagi différemment, mais aujourd'hui il laisse passer.

— On se donne un jour de plus, jusqu'aux vacances, puis on laisse tomber. Tu ne vas pas passer toute ta vie à la faire visiter.

Pendant le reste du trajet, comme les reptiles face à l'adversité, elle sent que tout s'obscurcit un peu et elle commence à répondre par monosyllabes.

Le soir même, elle va chez son père, comme poussée par l'inertie. En ville la chaleur incite les gens à se réfugier sur les terrasses. Le propre de la chaleur est son irréalité, mais en fait, pense-t-elle, il n'y a pas de mystère : tout simplement les cœurs battent plus lentement. Peu importe, les cheveux poussent rapidement.

Un demi-millimètre par jour, un centimètre par mois, quinze centimètres par an. Plus vite chez les femmes que chez les hommes. Plus vite chez les enfants que chez les adultes.

Elle a souvent regardé dans le cahier de l'agence le portrait que l'enfant a fait d'elle. Le tracé est grossier. Par endroits il se dédouble, comme si une ligne reflétait l'autre, ou que c'étaient deux portraits superposés. Un œil est plus grand que l'autre, le nez une ligne, la bouche un trou aplati, au bord souligné. Les cheveux sont très courts. L'expression, offusquée. La chemise est ouverte jusqu'au sternum. Elle se demande si l'enfant ne s'est pas ainsi moqué d'elle. Il n'a rien dit pendant qu'il la dessinait, mais il marmonnait, son affectation semblait tenir de la conviction qu'on peut dessiner une personne. Par moments elle pense que les éléments de son visage sont disparates. Que peut-être il l'a dessinée de la même manière que s'était comporté le reflet, en répétant avec insistance un seul geste jusqu'à le rendre sinistre. Les yeux et le nez n'ont aucun lien, la bouche est celle d'une autre personne, mais les cheveux lui paraissent essentiels, d'une étrange précision. Plus que les cheveux réels, on dirait le souhait d'une coiffure.

Peu importe, se dit-elle. Et elle appelle son père.

Quand elle entre chez lui, elle esquive son regard et va directement à la cuisine sous prétexte qu'elle a envie d'un café.

— Tu pourrais me couper les cheveux ?

— Tout de suite ?

— Oui, tout de suite. Tu peux ? Je pars en vacances demain et ils commencent à me gêner.

Le père l'observe avec son regard de gourou-coiffeur. Dans l'enfance elle s'étonnait de la capitulation des femmes devant ce regard. Des jours d'attente pour enfin passer entre ses mains, inscrits dans un agenda saturé de rendez-vous, annulations, reprises de rendez-vous, tout un fatras de mots raturés et de numéros de téléphone. Ce n'était pas une question de séduction, mais quelque chose tenant d'une croyance : comme si toutes ces photos de coiffures dans les magazines étaient une promesse abstraite, faite par un prophète douteux et que seul le regard du père pouvait en confirmer la possibilité réelle.

— Tout va bien ?

— Oui, bien sûr.

Elle perçoit, aussi certaine que la chaleur, la perplexité de son père. Mais également sa gentillesse. Il fait comme si de rien n'était et après un petit ballet dans la cuisine à la recherche des cuillers, tandis qu'elle s'escrime avec la cafetière, il s'approche et lui dit :

— Elle se dévisse dans l'autre sens.

Et la voilà redevenue fillette. C'est toujours comme ça. Son père gourou-coiffeur. Sa honte et son orgueil. Mais elle n'est pas comme ces femmes. Ni comme sa mère. Elle est différente. Elle aurait préféré être banale, que son nez n'attire pas autant l'attention. Elle aurait préféré être presque invisible. Pendant l'adolescence elle a eu un épisode d'enlaidissement volontaire. Elle a passé un an à marcher courbée, en portant des vêtements de deux tailles trop grandes jusqu'à ce qu'elle se rende compte qu'elle provoquait le contraire de ce qu'elle cherchait : un léger sourire sarcastique des autres. Quand elle a repris son apparence normale, elle s'est étonnée de découvrir que ce qui lui convenait était précisément l'inverse : se résigner à sa beauté, comme d'autres se résignent à une humiliation. Alors elle a cessé de se tourmenter.

— Tu as une idée de la coupe que tu aimerais ?

Elle prend le cahier de l'agence et lui montre le dessin de l'enfant. Son père reste impassible. Vertu de coiffeur. Il étudie le dessin de près.

— Tu veux la frange sur le côté ou droite ?

— Droite.

— Ça ne va pas bien t'aller. Ton visage est trop fin.

Voilà pourquoi ces femmes étaient capables d'attendre autant, pense-t-elle, pour cette façon de parler de son père, sur un ton presque anodin, exempt de la passion trompeuse de qui croit en la beauté.

— Je sais, ça m'est égal. C'est pour une autre raison.

— Comme tu voudras.

Après le café, ils s'assoient dans la cuisine. Le père lui attache au cou une vieille blouse du salon de coiffure et lui en couvre les épaules. Elle ferme les yeux quand elle sent le contact. Il dégage les cheveux qui lui tombent sur le visage et elle sent son haleine familière. Chaque fois qu'elle pense à un homme elle pense à cette odeur, imprégnée dans ses narines depuis l'enfance. Parfois, dans l'intimité avec des hommes, elle a perçu une odeur semblable et éprouvé un étrange plaisir en la reconnaissant. Puis elle sent les doigts de son père se serrer comme une pince lorsqu'il saisit les cheveux sous l'oreille.

— Comme ça ?

— Oui.

— Tu en es sûre ?

Elle acquiesce.

Ensuite vient ce bruit unique, si semblable à celui de ciseaux coupant de la viande.

Mais il manque encore une chose pour conclure cette journée : cela se produit quand elle rentre chez elle quelques heures plus tard, à la nuit tombée. L'homme avec lequel elle vit attendait son retour. Il n'est pas comme d'habitude dans la cuisine en train de préparer le repas, mais dans le salon, un verre de whisky à la main. On dirait qu'il se donne du courage, il s'est répété une douzaine de fois ce qu'il voulait dire. Massif, il offre l'aspect d'un menhir calé sur le canapé. Quand elle entre, il est tellement déconcerté qu'il en reste muet.

— Tu t'es coupé les cheveux, finit-il par dire.

Elle ne sait quoi répondre. Elle pose son sac sur la table du salon et pour la première fois elle prend conscience de son aspect désastreux après avoir passé une heure à creuser la terre et avec cette coupe de cheveux. Elle se tourne vers lui. Elle remarque son mutisme, ce whisky inhabituel, sa lâcheté. À tout cela s'ajoute l'électricité insolite de son regard.

— Tu vas me quitter, dit-elle.

Coup de tonnerre.

L'homme avec lequel elle vit est tellement surpris de se voir percé à jour qu'il en reste bouche bée. Et elle est tellement surprise d'avoir deviné qu'elle est parcourue d'un frisson. Elle ne ressent ni amour ni désamour. Elle ne ressent rien. C'est comme si elle avait tiré en l'air sans lever les yeux et que la seconde d'après un condor était tombé à ses pieds. Puis, quand ils se regardent fixement, une ombre les enveloppe. Elle se dit que les hommes comme lui passent leur vie à fuir ce genre de situations, aussi les affrontent-ils toujours mal, et que les femmes comme elle passent leur vie à les attendre et ont toujours l'impression qu'elles se sont déjà produites.

— Ce n'est pas à cause de toi, bredouille-t-il, ça n'a rien à voir avec toi. Je vais me remettre avec ma femme. Nous nous sommes retrouvés.

Ils ont commencé à contretemps, en sautant abruptement tout un dialogue à jamais perdu. Maintenant, pressent-elle, va débuter une danse maladroite, reculer pour pouvoir avancer, dire *bonjour*, pour qu'il y ait du sens à dire *adieu*.

— Au fond je le savais depuis le début, dit-elle.

— Tu le savais ? fait-il décontenancé.

Il a le même aspect que lorsqu'elle l'a vu la première fois en lui faisant visiter cette maison où ils ont fini par vivre ensemble : peu sûr de lui, beau malgré les apparences.

— Tu es amoureux ?

— Oui, je crois que oui.

— Ça ne te va pas très bien.

L'homme avec lequel elle vit éclate de rire, libéré.

— Tu as raison, ça ne me va pas très bien.

Il y a un silence.

— Écoute, dit-elle, la journée a été très longue. Je veux prendre une douche. Tu prépares le repas, tu ouvres une bouteille de vin et tu m'expliques tranquillement pourquoi tu veux me quitter.

C'est limite, ce ton humiliant, comme à un petit chien.

— Tu es incroyable, dit-il.

Dans la douche son propre corps paraît différent. Il y a une fatigue et un plaisir des rites : celui de se déshabiller, de l'eau chaude, de la nudité. Comme les moments avec son reflet, plus il est proche, plus hypnotiquement proche, plus emprunté lui paraît son corps : les os du pelvis, ces deux promontoires inégaux, les veines bleues au pli du coude, le x au creux du nombril, la tâche ingrate de devoir laver toutes ces choses pour qu'elles conservent leur dignité, d'insister dans chaque interstice pour en ôter la saleté que la vie y laisse, la peur de ne rien sentir et, associé, le plaisir de l'eau et du savon, de s'être fait couper les cheveux, de savoir que l'homme avec lequel elle vit prépare le repas et se désespère.

Quand elle sort de la salle de bain, tout déraille. Il est nerveux. Peut-être que la simple idée de retourner avec sa femme le crispe. Peut-être ces mots, *tu es incroyable*, ou l'écart entre cette scène et l'absence de sanglots qu'il s'attendait à provoquer, la simple nostalgie naturelle de ce qui se termine, si petit ou si peu mémorable que ce soit, ou ces cheveux courts qu'il regarde encore médusé. Elle n'a pas envie de l'humilier. Elle observe ces traits qu'elle ne verra plus, elle s'efforce de graver ces lèvres dans sa mémoire, et cette expression inadéquate, la noblesse du nez, du front.

— Ça va bien se passer, dit-il.

— Bien sûr que ça va bien se passer, répond-elle agacée.

Elle commence alors à mieux mesurer la situation, elle renonce à sa fierté et s'accorde une trêve dans son rôle dramatique.

— Tu es belle, ça te va bien les cheveux courts.

Puis, comme si le compliment lui avait rendu une espèce de dignité, il déroule enfin son discours : il n'aurait jamais pu prévoir ce qui s'est passé, ç'a été plus fort que lui, il est très conscient que c'est voué à l'échec, mais il sent qu'il ne peut pas faire autrement. Étrange : il dit tout cela en mangeant avec appétit, en buvant beaucoup, même lorsqu'un instant sa voix se brise malgré lui. Au dessert, l'homme avec lequel elle vit se permet un reproche qui paraît fondé : il n'a jamais pu être en phase avec elle, jamais il n'a su qui elle était vraiment. Et la voyant sourire, il ajoute quelque chose d'absurde : *Tu es plus réelle que moi.* Puis il lui prend la main et lui caresse le visage. Le geste paraît affecté mais finit par être sincère.

Contre toute attente elle sent son désir, un désir semblable à celui qui s'était emparé d'eux quand ils s'étaient rencontrés, dans cet appartement, il y a deux ans, lorsqu'il lui avait montré les photos de ces champignons d'une beauté impossible. *Crepidotus*, *Mycena interrupta*, *Marasmius*. Maintenant qu'elle est une personne différente, tout comme lui, ils peuvent de nouveau éprouver ce désir. C'est comme une éruption cutanée, comme ces champignons. Et si absurde que cela paraisse, le désir lui fait penser à l'enfant. L'enfant qui vit toujours ainsi, dans un monde dissocié, où les sentiments devancent ou suivent les corps.

L'instant d'après, ils s'embrassent, puis ils sont nus. Cela s'apparente à un effort pour réaliser l'idée d'un autre, à faire quelque chose d'inutile juste parce qu'on est encore capable de le faire.

C'est ça, couper les ponts, pense-t-elle.

Elle met deux jours à le planifier, autant de temps qu'il faut à l'homme avec lequel elle vit pour vider l'appartement de ses affaires, et le jour où l'agence ferme pour les vacances, elle sait ce qu'elle va faire. Elle se rend à la dernière réunion avec un sac à dos : vêtements de rechange, un peu de nourriture. Elle sait ce qu'elle va faire, mais pas exactement ce qu'elle désire. Elle peut l'exprimer par des images et des phrases simples, mais elles recèlent malgré tout une énigme.

Pas de souffrance. Pas d'attachement. Le monde est derrière elle ; celui du père et de l'homme avec lequel elle vivait, celui de l'agence immobilière et celui de son amie, c'est un monde inconsistant. Elle pense à Alice et au Lapin blanc, et la veille elle se sent comme dans cette chute lente dans le terrier. Ce n'est pas vrai : personne n'a trompé Alice. Ni le

Lapin ni rien d'autre. Alice veut descendre en enfer. Pourquoi ? Pour la sensation, peut-être. Elle a lu une fois que les soldats qui partent à la guerre éprouvent un mystérieux soulagement. N'est-ce pas comme si tout s'était mis en place avec délicatesse : le départ de l'homme, la mort du chien, l'amour du père ? Même l'amie l'appelle inopinément la veille au soir et elles passent une heure au téléphone, à parler de tout et de rien. Une conversation harmonieuse, comme une chorégraphie de sentiments infantiles. N'est-ce pas cela l'amour : un dialogue infini et anodin, sans objet, simple confirmation de la présence ? Mais quand elle raccroche, elle sent la tristesse l'envahir. Comme Alice, peut-être, lorsqu'elle découvre que la chute ne la détruit pas et qu'elle devra continuer à poursuivre le Lapin pour toujours.

Quand elle entre dans la maison, faiblement éclairée, c'est d'abord la peur qui l'assaille. Pour la première fois l'enfant n'est pas là. Elle a un peu de mal à se remettre de sa déception, comme lorsqu'on se voit obligé d'attendre quelqu'un d'absent à l'heure d'un rendez-vous. Alors c'est la peur. Une peur sans objet, comme elle ne se souvient pas l'avoir éprouvée jusque-là. Elle la sent en parcourant la maison vide, dans une pénombre grenue, dans la masse bleutée qui contraste avec le crépuscule extérieur. Elle est déconcertée. Ça sent le jasmin. Elle ne se souvient pas avoir perçu ce parfum avant. Elle connaît si bien les lieux qu'il lui suffit de longer les murs pour s'orienter.

Pendant une demi-heure elle peut encore voir quelque chose. Son regard s'adapte à l'obscurité. Elle pourrait allumer la lumière, mais elle ne le fait pas. Elle s'installe dans la chambre, sort des couvertures et les étend par terre, puis elle forme un oreiller avec des vêtements. Elle ouvre la fenêtre qui donne sur le jardin. Le lit improvisé lui rappelle les photos d'un reportage dans un magazine sur les mendiants du métro de Moscou. Expulsés de leurs logements pour loyers impayés, ils avaient aménagé des pièces sur les quais : salon, chambre... Plus que des mendiants, ils évoquaient des hommes et des femmes des cavernes. Elle aussi se sent comme une femme préhistorique. Il fait si chaud qu'elle pourrait dormir à la belle étoile. Avant que la peur commence à l'agiter, elle ferme les yeux et fait un exercice de respiration. Longues inspirations et expirations. À mesure que son pouls se calme, elle se dit que si elle est capable de ne pas ouvrir les yeux, si elle réussit à supporter cette nuit, elle deviendra une autre personne. Puis la peur s'enlise dans sa conscience : la mâchoire se détend, les muscles du visage se relâchent, les lèvres, les pommettes et enfin les yeux ; elle sent alors que quelque chose fait pression sur eux, c'est léger, comme le poids d'une pièce de monnaie. Et elle s'abandonne. En fin de compte c'est plus simple que ce qu'elle pensait. Elle s'abandonne comme si, pour la première fois de sa vie, il lui était véritablement égal de mourir. Alors elle sourit. Est-ce cela que ressentait Alice ? Est-ce semblable à l'euphorie des soldats ?

En ouvrant les yeux le matin, elle reste quelques secondes immobile, en se demandant où elle est. C'est comme se réveiller dans un hôtel où on est arrivé très tard et dont on n'a quasiment rien remarqué à cause de la fatigue ; hier ce n'était qu'une pièce vide dans la pénombre, aujourd'hui une chambre lumineuse habitée. Jamais elle n'avait ainsi imaginé la maison. Allongée par terre, elle voit un tapis aux motifs persans et il lui suffit d'étendre la main pour découvrir son épaisseur, la rigidité des nœuds, la douceur des franges. Dans le fond de la chambre, un immense lit flanqué de deux tables de nuit, en acajou, aux formes simples. Elle connaît si bien la maison qu'elle perçoit qu'une cloison a légèrement changé de place : la chambre est maintenant plus petite, réduite par une penderie, la porte de la salle de bain est entrouverte et la lumière allumée.

Elle s'en rend vraiment compte en se levant. Le miroir près de l'armoire agrandit la pièce et l'éclaire. Au mur, un tableau abstrait représentant ce qui ressemble à deux grandes fèves couleur de terre entourées par un halo grenat. Un petit bureau, un fauteuil en feutre pastel, un petit secrétaire. Le lit est défait. Il donne l'impression que les personnes qui y ont dormi se sont habillées à la hâte avant de sortir. Ce que confirment la veste de lin bleu posée sur la chaise et la robe pistache sur le lit, l'air renouvelé de la pièce, la routine de deux personnes, qu'on pourrait toucher du bout des doigts.

Puis c'est la salle de séjour avec la baie vitrée donnant sur le jardin. À la différence de la sobriété antérieure, elle découvre des étagères chargées de livres, de statuettes, de photos, d'objets en argent. Les personnes qui habitent cette maison sont tellement dans l'accumulation qu'elles semblent avoir utilisé ce meuble comme fourre-tout. Elle ressent une espèce de répulsion fascinée pour tous ces objets : un trophée de chasse formé de deux défenses de sanglier montées sur un support doré, petites cuillers à thé, quatre poids alignés en ordre décroissant, un buste en porcelaine, trois hiboux en ivoire, le portrait profilé en noir d'un garçon du XVIIe siècle, peut-être une centaine de livres, pour la plupart des traités de droit du commerce, que personne ne lit, purement décoratifs avec leurs dos en cuir noir. Le reste de la pièce est très vaste et, par contraste, paraît quasiment vide. Il y a un meuble avec des bouteilles d'alcool, un canapé Chesterfield devant une table basse et un énorme cendrier en marbre gris. C'est comme si le bon goût protégeait les habitants d'être ce qu'ils sont, comme si c'était à la fois un maquillage et une délation involontaire.

Et enfin, sur les étagères, les photographies. Quatre ; deux de la famille au grand complet et deux autres, une de chaque enfant. Elle s'approche pour les voir de plus près avec l'anxiété de qui va percer un mystère. Le père, la mère, l'enfant et un autre garçon plus âgé, presque adolescent, sûrement son frère. Tous ensemble ils composent un groupe cohérent, conscients de leur classe sociale. Une des photos de famille montre une fête de Noël, une autre une scène en été, sur ce qui ressemble au pont d'un bateau. Tous, sauf l'enfant, sont sveltes et pas très beaux. Elle prend le cadre pour mieux les observer. L'enfant sourit de son air ahuri et pour la première fois sa disgrâce lui inspire une étrange indulgence. Elle ne rêve pas. Ce cadre est bien réel. L'air est réel. Elle le comprend en regardant l'image et se sent angoissée de ne pas savoir où elle est, de ne pas pouvoir réintégrer son univers. Cet air est réel. L'argent est dense comme un os.

Elle scrute la photographie. Elle la scrute pour ne plus la voir. Pour traverser le miroir. Elle a l'impression que la structure familiale suppure lentement. Elle se dit : la mère est forte, le père faible. Le fils adolescent ressemble à la mère, le cadet au père. Sous la robe de la mère on devine un corps gracieux, mais son visage est d'une laideur banale. Elle a les cheveux courts, elle est conciliante, peut-être cynique, elle semble ne pas croire en grand-chose. Contrairement au père. Mais en quoi croit-il ? Impossible à savoir. Un patronyme, son métier, l'argent peut-être, un argent vieux comme une couche de sédiments.

Elle repose la photo à sa place et se retourne. Elle trouve invraisemblable que l'enfant ne soit pas là, mais apparemment il n'y a personne dans la maison. Elle sort dans le jardin. Il est resplendissant, entretenu avec soin. Des massifs d'hortensias blancs et près de la porte du fond un grand rosier. Elle a presque envie de se déchausser pour sentir la fraîcheur du gazon. Près de la piscine et grimpant sur un mur de la maison, un énorme jasmin de quasiment deux mètres, au parfum si puissant qu'elle en est presque étourdie. Il ondule au gré de la brise. Elle sent un petit souffle d'air, puis un autre. Un mouvement qui semble à la fois naturel et étrange. Une main le produisant à intervalles réguliers ne pourrait être plus précise. Elle pressent que là est la clé, comme quand elle était petite et qu'elle avait l'impression de voir le reflet de la main du prestidigitateur, mais le tour de passe-passe restait imperceptible à l'œil nu.

Un autre souffle d'air. De nouveau la brise agite le jasmin comme une chevelure humaine. Accompagné d'un grincement, plus ou moins reconnaissable, qui finit par cesser. Elle décide alors de compter jusqu'au prochain souffle d'air : vingt-neuf secondes. Et de nouveau la brise et le grincement. Elle recommence : vingt-neuf secondes. La brise, le grincement, l'ondoiement du jasmin qui cesse, comme une chevelure humaine.

Ce n'est pas une succession de souffles.

C'est un seul et même souffle.

Comme dans la brise, il y a une boucle dans le ciel. Parmi tous les nuages qu'entraîne le vent, elle se concentre sur celui qui est sur le point de disparaître derrière l'auvent du toit et qui, vingt-neuf secondes après, réapparaît. Les ombres sont corrigées, tout se remet en place sous l'effet d'un souffle d'air presque imperceptible. Dans le jardin les ombres des arbustes se réunifient. Elle touche les branches pour s'assurer qu'elle ne rêve pas, elle en casse une. Vingt-neuf secondes après la branche a repris sa place.

Lui aussi.

Lui aussi est apparu.

Elle l'a tellement attendu que lorsqu'elle le voit elle doit réprimer un cri de joie. Est-ce bien lui ? Même frange, même uniforme marron, mais les mains dans les poches lui donnent une allure plus détendue. À la différence des autres fois, aujourd'hui c'est un hôte. Il a un air plus sociable et tranquille. C'est son univers, sa maison.

Il sourit.

— Tu t'es coupé les cheveux, dit-il.

— C'est ce que tu voulais ? demande-t-elle en s'accroupissant.

— Oui.

À cet instant, elle comprend : l'enfant n'est pas un fantôme, c'est simplement un enfant, captif et vivant, comme une guêpe dans une carafe en verre. Comme elle, il est soumis à la précarité de la vie. Découvrir cela maintenant, avec une telle certitude, lui donne la chair de poule, comme s'il s'agissait d'une découverte monstrueuse et que, plus que la mort, l'enfant craignait la vie. Il y a là un cœur qui bat et des poumons qui respirent, mais les pupilles restent cristallines, sans cillement.

— Elle est jolie ta maison, dit-elle tandis qu'il se rapproche.

— Tout le monde dit qu'elle est jolie.

— Et toi ? Tu ne trouves pas ?

— Si. Avant on en avait une autre, mais celle-là est mieux.

Elle se retourne et voit les ombres reprendre leur place, le jasmin onduler de nouveau en entamant sa boucle.

— Les choses se répètent toujours ?

Il acquiesce d'un geste vague. Puis ils se regardent et elle, qui n'a jamais eu ce genre de pensées, se dit : *Il fallait qu'on soit ici, tous les deux.* Cette pensée lui inspire quelque chose qui s'apparente à la fatalité, une étrange sensation d'appartenance. Elle fixe le visage de l'enfant comme on se penche au bord d'une falaise, la simplicité de ses traits, loin de le banaliser, le singularise. L'éclat de ses yeux cristallins se fait plus net. Elle avait oublié et se souvient qu'il ne cille pas, comme on a oublié et qu'on se rappelle soudain la maladie d'un proche, avec un sentiment d'étrangeté. Sa façon de s'approcher d'elle est différente, actualisée, une familiarité assumée.

— Tu sais, j'ai beaucoup pensé à toi.

— Moi aussi, répond l'enfant. Tu venais et tu restais, comme maintenant.

— Pourquoi tu voulais que je me coupe les cheveux ?

— Les filles sont plus jolies comme ça.

Puis, quelque chose d'imprévisible : il rougit. L'amour de l'enfant est une blessure, comme la pensée constante des petits pays pour les grands pays. A-t-il été amoureux d'elle tout ce temps ? Peut-être qu'en réalité il ne l'est pas. On dirait plutôt une fascination, un ravissement. Qui s'est cristallisé en lui jusqu'à le rendre vulnérable.

Elle ne sait pas comment lui vient le souvenir, ni même si c'est un véritable souvenir ou une émanation.

Ce garçon quasiment invisible, il y a longtemps. Il a quatorze ans et lui fait une déclaration d'amour. C'était quand, dans quelle vie ? Au lycée, pense-t-elle. Pendant quelques semaines elle l'esquive chaque fois qu'elle le sent s'approcher, comme s'il allait la contaminer, mais un après-midi elle ne peut plus l'éviter. Elle se retourne et il est là, avec ses grands yeux suppliants, et il lui dit qu'il l'aime. Plutôt qu'un garçon déclarant son amour, on dirait un cas clinique. Il balbutie, transpire. Il y a un silence où elle pense qu'il va fondre en larmes, mais il se met à rire. Il rit à gorge déployée, libéré de cette condamnation à mort. Malgré la honte et le rejet, elle ressent de l'envie. Envie de ce rire, de cette rougeur du visage. Une envie distante, incapable d'atteindre ce moment où les sentiments s'emparent du corps et en font ce qu'ils veulent. Elle éprouve maintenant une envie semblable pour l'enfant, mais enrobée de délicatesse. Comme si une large part de ce sentiment était nimbée de la crainte de le blesser, mais surtout du respect pour ce qu'il ressent, pour le compliment qu'il vient de lui faire. Un compliment comme un bien précieux.

— Tu es seul ? demande-t-elle.

— Non. Ma mère est là.

Il lui indique la piscine.

Elle s'en approche en retenant son souffle. Avant même de regarder, elle ne sait pas comment ça s'est passé, mais elle le tient par la main. Une main vivante.

Elle n'est pas chaude comme pendant le massage qu'il lui a fait, mais agréablement tiède. Il la lui donne avec un tel naturel qu'elle a plutôt l'impression de l'avoir trouvée.

Une femme nage sous l'eau d'un bord à l'autre de la piscine avec une élégance érotique. Elle aussi participe d'une boucle. Bien des années avant, elle avait un maillot de bain de la même couleur bordeaux, et elle l'aimait tellement qu'elle avait fini par le déchirer à force de le porter. La femme qui nage a cette prestance particulière que produit un vêtement élégant sur un corps svelte. Sous l'eau sa figure s'allonge et se contracte sous l'effet de la réfraction. Elle reconnaît la forme des épaules de la mère qu'elle a vue sur la photographie, les cheveux courts, le profil quelconque. La femme atteint le bord de la piscine et fait demi-tour sans remonter à la surface en prenant de l'élan sous l'eau. C'est un corps tendu, plein d'assurance. Elle la suit des yeux jusqu'au bout, comme entraînée dans son sillage.

— J'ai eu le même maillot de bain, dit-elle hypnotisée, je l'aimais beaucoup.

— Elle aussi, dit l'enfant.

Mais quand la nageuse atteint l'autre bord, elle reprend son élan sous l'eau. L'enfant l'observe avec attention, mais sans affect ni étonnement. Il paraît en attente de quelque chose, d'un détail peut-être, de la façon dont les pieds de sa mère s'agitent légèrement avant de parvenir à l'autre bord où elle fait de nouveau demi-tour.

Il est difficile de déterminer où commence et finit la boucle. La transition est tellement parfaite qu'elle évoque une scène mythologique : une créature humaine aux pouvoirs amphibiens condamnée à perpétuité à nager sous l'eau d'un bout à l'autre d'un bassin. Mais plus elle la regarde plus se circonscrit cette fascination, angoissante d'abord, puis neutre. Après quelques minutes cette scène répétée devient insupportable. On dirait que les articulations de la femme vont dévier vers des endroits insoupçonnés, ou pire, qu'elle est sur le point de tourner la tête sans la sortir de l'eau, en révélant des dents pointues, comme une sirène. Les poissons lui ont toujours inspiré de la répulsion. Le dégout des branchies. Des peaux fines et visqueuses.

— Et ton père ? demande-t-elle soudain, pour fuir.

— Là-bas, répond l'enfant en indiquant la maison.

Ils gagnent ensemble le salon puis le vestibule. Traverser la maison avec l'enfant lui donne une sensation harmonieuse, comme si franchir chaque pièce se faisait à pas comptés. Cela ne dure que quelques secondes. À la différence de la mère, le père offre un aspect aussi ordinaire et inoffensif qu'une miche de pain. De près, il ne paraît pas aussi mince que sur la photo. La cinquantaine, le dos étroit, les cheveux tirant sur le blond, pantalon blanc, chemise beige. La barbe cache un visage enfantin. Petites mains aux doigts absurdement fins. Il enfile une veste près de la porte, se touche la poitrine pour s'assurer qu'il a son portefeuille et d'un geste relève sa frange. Puis il saisit la poignée et lorsqu'il est sur le point de sortir, il disparaît. Ensuite, comme s'il avait ressurgi près du portemanteau, il enfile de nouveau la veste, s'assure qu'il a son portefeuille, se recoiffe et se dirige vers la porte.

C'est seulement quelqu'un qui s'en va.

Quelqu'un qui était ici la seconde d'avant et s'éclipse, avec une expression qui est, peut-être, une synthèse. À la différence de la mère, la ressemblance avec l'enfant est aimable chez le père.

— Tu lui ressembles, dit-elle.

— De là jusque-là, c'est mon père, répond l'enfant en masquant la moitié supérieure de son visage. De là jusque-là, ma mère, dit-il en masquant la partie inférieure.

Une phrase toute faite, répétée qui sait combien de fois, prononcée pour d'autres, mais que l'enfant a assumée pour toujours.

Pour le frère elle n'a même pas besoin de demander, c'est l'enfant lui-même qui l'accompagne en lui tenant la main. Plus qu'un geste sentimental, prendre sa main est un réflexe de survie. S'ils se lâchaient, peut-être qu'ils se perdraient, mais elle aime sentir chacun de ses doigts, le pouce de l'enfant qui lui presse le dos de la main.

Le frère est assis à la table de la salle à manger.

Elle tarde à le découvrir.

Comme un reptile camouflé que l'on ne repère que lorsqu'il remue légèrement une patte, elle ne remarque sa présence que lorsque l'enfant la lui indique du regard. Lui aussi ressemble à l'enfant, mais avec cinq ou six années de plus. Il est comme sur la photo. Même frange fournie, même chemise blanche, même pantalon de lin, mais long. Sous le nez allongé, des lèvres féminines et l'ombre d'une moustache. Dans ce méli-mélo de traits préadolescents se profile le visage futur. Il est en train d'écrire. Consciencieusement, avec l'assurance et la vigueur que l'on a adolescent quand on écrit. Arrivé au bout d'une ligne, il lève la tête et dit :

— Maman est malade, imbécile, tu ne le sais pas ou quoi ? Elle ne part pas en voyage, elle ne va nulle part.

Puis il s'incline et se remet à écrire, mais sur une page qui reste blanche.

— Maman est malade, imbécile, tu ne le sais pas ou quoi ? répète-t-il. Elle ne part pas en voyage, elle ne va nulle part.

Pour se protéger, pour ne pas devenir fou, l'enfant s'est inventé un jeu simple, un parcours invariable : d'abord le jardin, où il s'arrête devant la piscine, puis le vestibule, avec le père, le salon avec le frère, la cuisine, l'étage, et quand il arrive à sa chambre, il s'allonge sur le lit, la tête dans l'oreiller, et il donne des coups de poing et de pied sur le matelas, mais sans colère, une sorte de sketch répété. La première fois qu'elle le voit faire cela, elle est un peu étonnée, mais elle l'accepte comme quelque chose d'aussi inévitable que l'ondoiement du jasmin, ou les reflets de l'eau sur le corps de la mère. Dans l'abîme de la boucle, la succession de ces éléments est le seul point fixe, la seule séquence perceptible. En l'absence d'un autre moyen pour mesurer le temps, l'enfant s'est servi de ces épisodes comme d'une montre : le nombre de fois que la mère traverse la piscine ou que le père sort de la maison.

— Tu les comptes toutes ? lui demande-t-elle quand elle le voit se jeter sur le lit pour battre des poings et des pieds.

— Toutes, répond-il.

Mais elle n'ose pas lui demander le nombre.

Pour la première fois elle a l'impression de voir en lui une créature très vieille, un poisson fossile qui a traversé un temps géologique, mais sans cesser d'être un enfant. Elle se dit que dans ces étapes répétées, l'enfant a fait beaucoup de choses, des variations mesurées, des gestes délicats, des jeux. Que certains de ces jeux ou fragments de jeux sont maintenant dans la formulation de chacun de ces gestes que l'enfant répète, comme une pierre minuscule fait partie de la montagne, ou la phrase condensée d'un vers est contenue dans le magma de toutes les possibilités de la langue et des sentiments qu'elle peut énoncer. Peut-être que dans tous ces mouvements en boucle l'enfant a eu aussi d'étranges accès de folie, les jours où il a sauté dans la piscine ou frappé son frère, où il s'est interposé entre le père et la porte. Peut-être que sans cesser d'être un enfant, il a frôlé l'aberration, il est entré dans la folie et en est ressorti. Elle n'en a pas la certitude, mais plus elle fait ce parcours avec l'enfant, plus il lui semble que chacun de ses mouvements est, en réalité, la distillation d'innombrables mouvements et la condensation de ses erreurs, de ce qu'il a fait et ne refera plus, des endroits qu'il a traversés et ne traversera plus. Comme une matière obscure, comme les trous noirs de l'espace, il y a aussi un lieu qui attire des possibilités qui ne se reproduiront plus, qui marquent et déterminent les orbites.

Elle ne lui demande pas le pourquoi de ce manège, ni s'il a tenté d'y échapper. Elle tient pour acquis qu'il a essayé et que toutes ses tentatives ont été humiliantes. En réalité, tout exhale une impuissance et une beauté infinies : le souffle de vent sur le jasmin, la femme qui nage dans la piscine, le nuage qui réapparaît derrière l'auvent.

Parfois les mêmes sensations physiques se confondent. La respiration devient de plus en plus oppressée. Par moments elle a du mal à respirer.

— C'est pas la peine, dit l'enfant lorsqu'il la voit haleter, comme si cela lui rappelait un moment d'angoisse.

Et peu à peu elle contrôle cette impression que l'air se raréfie. Elle entend encore sa propre respiration mais lui accorde de moins en moins d'importance jusqu'à ce que subitement elle se trouve immergée, enveloppée dans une fluctuation superflue. Plus que soulagée, elle en perçoit uniquement l'automatisme : elle ouvre la bouche et aspire le néant, et laisse le néant sortir de son corps. Elle éprouve alors une espèce d'euphorie, elle a l'impression d'avoir toujours attendu cet instant, que ce qu'elle a fait jusque-là n'était qu'un prologue : celui d'une véritable respiration.

Ils reviennent dans le jardin, montent dans la chambre, voient d'en haut la mère qui nage, ils ont en tête son image qui glisse sous l'eau, mais à présent ils la survolent comme un oiseau, puis ils redescendent dans le vestibule et le séjour.

— Maman est malade, imbécile, tu ne le sais pas ou quoi ? Elle ne part pas en voyage, elle ne va nulle part.

Par moments, elle ne sait pas s'ils se déplacent. Comme si la perception du passage d'un endroit à un autre s'évaporait entre chaque étape, de la piscine jusqu'au vestibule, puis du séjour à la chambre. Dans la maison ces espaces paraissent étanches.

Elle ne sait pas si c'est l'enfant qui lui montre tout cela, ou elle qui le découvre. Elle est vaguement consciente qu'ils marchent dans la maison, mais aussi qu'ils sont immobiles dans la cuisine, assis sur le canapé du salon, qu'ils sortent de ces corps en mouvement et se voient eux-mêmes parcourant sans discontinuer la maison, une femme et un enfant main dans la main. Elle n'éprouve plus le besoin de penser à lui, la surface même de la réalité s'allège. Parfois elle a l'impression qu'il n'y a pas de troisième dimension. Elle tend une main pour toucher un objet et découvre étonnée qu'il n'est pas petit mais simplement loin. Elle a de plus en plus de mal à discerner s'il s'agit d'une ombre projetée par la lumière ou d'un changement de couleur de l'objet, si le visage du frère en train d'écrire à la table est sa moitié obscure ou s'il changerait de couleur s'il s'inclinait, si elle était dans le jardin ou dans la chambre. La réalité se présente comme un diorama, mais dans lequel on peut percevoir toutes les dimensions : l'enfant de profil et de face, la maison de l'extérieur et de l'intérieur.

Tout comme l'enfant elle commence à s'habituer à ces trois personnes en boucle qui habitent la maison. Elle ne sait quand s'installe cette sensation, ni si elle est produite par une ou plusieurs observations. Elle sait qu'ils traversent souvent cette scène, ou peut-être une seule fois, prolongée et multiple, infinie, toujours main dans la main, jusqu'à ce qu'ils arrivent à la chambre, où l'enfant se jette invariablement sur le lit et bat des poings et des pieds, mais elle ne sait pas si ce cycle est long ou court. Elle est incapable de déterminer combien d'anciennes minutes compterait la séquence complète : la mère, le père, le frère, les pleurs, le trépignement. Bien que composée d'éléments limités, la séquence relève d'une durée sentimentale et donc incalculable : la perception d'une douleur, la recherche d'alliés, la solitude. L'enfant se redresse mais c'est seulement pour retomber.

Elle commence alors à prêter une véritable attention aux choses. La maison se remplit de détails. Les objets qui composaient la scène se densifient de plus en plus. Elle les touche : une fleur sur la table de nuit de la chambre, un tube de rouge à lèvres et trois petits flacons sur la coiffeuse, deux chandeliers pour une seule bougie près de l'étagère du salon. Ce sont et ne sont pas les mêmes. Le peignoir près de la piscine où nage la mère a le bord mouillé, trempant dans une petite flaque. Après avoir épuisé du regard la forme des reflets sur le corps, l'ombre du jasmin et celle des bretelles du maillot de bain, elle pense que lorsque la mère mettra ce peignoir elle sentira l'humidité, regardera la partie mouillée et s'en voudra de l'avoir posé là. Mais pour que cela se produise il faudra qu'Achille atteigne la tortue, la mère devra émerger de l'eau et parcourir la distance infinie de cet espace minuscule.

L'absence de transition entre les scènes empêche de savoir si le fait d'observer les sourcils du frère et de les comparer avec ceux du père est involontaire, ou si elle est passée de l'un à l'autre, avec l'enfant, si elle a prêté attention à ce détail pendant d'innombrables séquences pour ensuite les comparer. Le récit se brise d'arrière en avant, elle ne sait pas si le père s'en va parce que la mère nage, ou si le frère écrit parce que le père s'en va. Ni si tous ces gestes sont liés ou naviguent seuls, tels des astéroïdes perdus, chacun suivant sa propre orbite.

Parfois ils parlent, mais c'est un dialogue entrecoupé, plein de sous-entendus. On dirait des centaines de conversations, sans qu'aucune d'elles n'arrive à tout occuper, comme s'il s'agissait d'un dialogue multiple dans lequel un des deux se servirait de l'autre pour corriger sa perception du monde, mais sans savoir s'il répond à la question qui vient d'être posée, ou à une question antérieure, dissoute dans l'épaisseur de l'intention.

— Elle fait toujours ça, dit l'enfant, quand ils sont devant la mère.

Elle note *toujours,* elle note *ça,* puis se dit qu'il n'est pas nécessaire de lui demander à quoi il fait allusion, aux battements des pieds, au mouvement de la tête, ou à quelque chose d'autre à quoi elle pensera peut-être sous peu. Une réponse à une question qu'elle n'a pas encore formulée.

À un moment ils se séparent. Peut-être qu'ils se perdent. Ils arrivent au jardin, elle se retourne vers l'enfant et sent que sa main disparaît. Quand elle ouvre la bouche pour l'appeler, aucun son n'en sort. Elle se précipite vers la maison, en essayant de crier sans y parvenir. Plus qu'une incapacité passagère, c'est comme si on lui avait arraché son appareil phonatoire : les cordes vocales, les dents, la langue, comme si l'intérieur de sa bouche n'était plus qu'une simple cavité, des gencives sans organes ni gorge.

Subitement, elle le retrouve dans la chambre où il fait semblant de pleurer.

— Bonjour, dit-il.

— Bonjour, répond-elle.

Est-ce là que ça arrive ? Ça doit être là.

Un enfant l'a sortie de la vie. Un enfant l'a rendue à elle-même.

Il dit : *Bonjour*, et elle répond : *Bonjour.*

Alors elle le sent.

C'est comme tirer un fil et constater à l'autre bout le battement de quelque chose qui résiste. Ou comme découvrir un sentiment : la façon avec laquelle il perfore le cerveau et gagne en inertie contre la volonté, l'énergie avec laquelle il s'empare des muscles et devient humiliant, mais aussi un destin. Elle n'avait jamais éprouvé cela. Si elle devait le nommer elle l'appellerait « violence », mais une violence qu'elle ignorait jusque-là. Elle la doit à l'enfant, et à ce temps.

C'est ainsi qu'elle le découvre. On dirait plutôt une intuition, mais une intuition qui a épuisé toutes les possibilités de la spéculation pour devenir une certitude : personne n'est venu à son secours, ni le père ni le frère ni la mère. Et il s'est dit : *Bon, c'est comme ça*. Il se l'est dit d'une voix fine et furieuse, pour se convaincre que ça lui était égal. Personne ne l'a sauvé, ni le père ni le frère ni la mère, puis la scène n'a cessé de se répéter. De moins en moins significative, de plus en plus apaisée. Comme une véritable punition. Jusqu'à ce qu'il se soit perdu dans la maison.

Est-ce là que ça arrive ? Ça doit être là.

Un enfant l'a sortie de la vie. Un enfant l'a rendue à elle-même.

C'est peut-être pourquoi, lorsque l'enfant s'apprête à redescendre au jardin, elle le retient en lui prenant la main. L'enfant la regarde, étonné. Quelque chose en lui s'y oppose, l'intuition, peut-être, que s'il reste il va de nouveau se briser et devra abandonner ce monde auquel il s'est habitué. Pour le calmer elle va vers l'armoire et, guidée par le souvenir, elle glisse la main dans le tiroir. Elle touche la boîte, mais en la sortant elle perçoit un cliquetis. C'est la même boîte, percée de trous.

— Elle est très jolie, dit-elle avant de l'ouvrir. Tu l'as trouvée dans le jardin.

L'enfant cligne des yeux. Une fois, deux fois.

Est-ce là que ça arrive ? Ça doit être là.

Un enfant l'a sortie de la vie. Un enfant l'a rendue à elle-même.

Elle s'efforce de ne pas s'arrêter au signal. C'est comme si l'air entrait de nouveau dans la chambre. Comme si l'air entrait et qu'elle pouvait sentir le cœur de l'enfant. Quand elle ouvre la boîte, la sauterelle lui paraît de nouveau d'une élégance raffinée avec son col de caban et ses grands yeux incrustés, mais à présent elle est vivante. En la regardant de près elle distingue la bouche et des dents minuscules que l'insecte ouvre et ferme, ainsi qu'une feuille de laitue mordillée.

— Il faut faire attention, dit-il en lui posant la main au-dessus. Elle peut s'échapper.

Il cligne de nouveau des yeux. Une fois, deux fois.

Est-ce là que ça arrive ? Ça doit être là.

C'est comme si sa vue s'affinait sous l'éclat des larmes. Elle n'a aucun effort à faire pour se rappeler les mots, ils lui viennent naturellement aux lèvres.

— C'est ta prisonnière. Tu penses que tu pourrais lui construire un petit chariot avec une boîte d'allumettes. Tu l'as vu une fois. Et puis si tu en trouves beaucoup, tu pourrais faire une armée.

Elle patiente quelques secondes. Vertu de coiffeur. Elle résiste à la pression jusqu'à ce qu'elle perçoive, comme sous une membrane, le sentiment de l'enfant. Jamais elle n'avait ressenti une chose pareille : la banalité et la force d'un sentiment, l'intimité d'un autre. Comme toucher le ventre d'un chien et sentir sous la peau presque transparente le mouvement des poumons, le flux du sang.

— Peut-être bien, dit-il. Si j'en trouve beaucoup, je pourrais faire une armée.

Elle sent qu'elle connaît l'enfant. Qu'elle a attendu longtemps près de lui, jusqu'à ce qu'elle se mette à sa portée. Maintenant que c'est fait, cette solitude lui semble la sienne. Personne ne l'a sauvé, ni le père, ni le frère, ni la mère. Alors il s'est dit : *Bon, c'est comme ça.* Il se l'est dit d'une petite voix furieuse, pour se convaincre que ça lui était égal.

— Écoute.

Elle se rapproche de l'enfant. Tout près, comme si elle allait se fondre en lui, comme son amie d'enfance regarde peut-être le visage de Spiderman certaines nuits, en se cherchant dans chacun de ses traits. Elle se contente de le saisir fermement mais sans le secouer. Elle a l'impression de sentir sous ses mains les petits os de l'enfant, que lui sent ses mains et que ce contact brise quelque chose entre eux.

— Regarde-moi bien, je dois te dire quelque chose.

Et avant même de commencer à parler elle se rend compte que le sentiment entre en lui, qu'elle ne dispose plus de beaucoup de temps et que, de même que tout est imparfait, ce moment l'est aussi, pressant et intime. Dehors, le jasmin ploie mais ne revient pas dans la même position. L'enfant se frotte les paupières. Il cligne de nouveau des yeux.

— Écoute, lui dit-elle. Ce n'est pas ta faute.

— Si.

La sauterelle saute hors de la boîte et sort par la fenêtre en vibrant, avec de grandes ailes bleues qu'on dirait en plastique. L'enfant pousse un cri et bondit vers la fenêtre, mais elle le rattrape par les bras et maintenant elle le secoue. Elle le secoue jusqu'à ce qu'il la regarde en clignant de ses grands yeux, comme s'il se réveillait.

— Tu comprends, hein ? Dis-moi que tu comprends. Ce n'est pas ta faute. Ce n'est pas ta faute.

DEUX

C'est arrivé comme ça : en fin d'après-midi à la maison, en jouant à être un cheval. Il ne cesse de s'étonner qu'il puisse trotter et être un cheval, puis de nouveau un enfant. En entrant il n'enlève pas, comme les autres jours, son pantalon marron du collège ; avec ce vêtement le jeu peut sembler moins évident, mais il aime en sentir le flottement quand il court. Il ne le dit à personne. Ce n'est pas de la honte, mais il ne saurait pas dire ce que c'est. Il entre en courant dans la maison, monte l'escalier quatre à quatre, jette son cartable sur le lit, sort de la chambre et il est un cheval. Alors il dévale l'escalier, passe en trombe dans le salon, la cuisine, le séjour, la chambre de ses parents. Depuis des semaines il perfectionne le jeu, galoper dans la courbe du couloir et ralentir pour ne pas heurter la table de la salle à manger. Quand il arrive au jardin, il est de nouveau un enfant.

Il aime ne pas pouvoir deviner ses propres sentiments. Il aime qu'être cheval soit quelque chose qu'il ne décide pas, que ça lui arrive. C'est pareil avec sa mère. Il ne sait jamais si elle se montrera admirative ou réagira par des mots un peu convenus. Il a du plaisir à ne pas savoir, un plaisir qui émane de l'environnement et agit sur lui, comme s'il avait affaire à des personnages. Parfois elle rentre tard, la nuit, avec le père, et il espionne leurs bruits depuis son lit. Ils lui parviennent étouffés par la cage d'escalier. Il ne sait pas à quels mouvements ils correspondent, mais il sait qu'ils exigent de l'attention, qu'ils sont délicats. Il tente de les distinguer, ceux du père plus simples et secs ; ceux de la mère toujours précédés d'un bruissement ténu, comme une répétition.

C'est arrivé comme ça : il y a quelque chose d'exceptionnel ce soir-là. Le frère n'est pas là. Depuis trois jours il est absent de la maison pour une sortie scolaire. Le père est lui aussi en déplacement. Il doit rentrer le lendemain à midi, en train. Avec un cadeau, il a dit. Quand il revient de voyage, ses cadeaux sont toujours simples : une boussole, des cartes pour jouer à la canasta, un livre. L'excitation s'estompe presque aussitôt, dès qu'il les ouvre, mais il donne le change encore un peu pour le plaisir de voir le père content, comme si au lieu de se réjouir bruyamment, c'était lui qui était chargé d'inspirer au père l'émotion du cadeau. Avec la mère c'est différent. L'émotion et ses gestes se ressemblent, plus intimes, plus tristes aussi. Comme toucher un tissu. Le toucher, attendre que se confirme une sensation et craindre ensuite qu'une autre eût été possible. Même ainsi, ils sont bien quand ils sont seuls. La maison est différente. Il joue à être un cheval. Puis la mère arrive et devient plus réelle, elle aussi semble lâcher la bride à des sentiments qu'elle réprime quand le père ou le frère sont présents, elle se fait plus timide, ou parfois plus violente, il ne sait pas. Avec la mère, à la différence du père, il n'y a pas besoin de traduire les émotions, mais cependant de les guetter : elles sont changeantes et silencieuses, se modifient comme la température sous la peau.

Le premier jour qu'ils sont seuls, c'est la nurse qui s'occupe de lui. Comme il passe la journée au collège et la mère à l'extérieur, le seul moment qu'ils partagent est la fin d'après-midi et le soir. Il mange à la cuisine avec la nurse, la mère une heure plus tard, seule, dans le séjour, la baie vitrée ouverte sur le jardin. Assis sur le canapé du salon il la regarde manger, puis elle fume, téléphone et il joue avec les mots qu'elle prononce. Il pense qu'elle est très belle. Qu'à la différence des actrices, sa beauté ne tient pas à son visage mais à ses gestes et ses vêtements. Ça lui va bien de parler au téléphone. Si elle rit, par exemple, et répond qu'elle ne pense pas venir, il inverse l'ordre des mots : *venir*, *pense,* et le rire au début. Ou il fixe le bout de la cigarette, rouge, comme si quelqu'un l'avait trempée dans du sang. Pense-t-elle à lui comme il pense à elle ? Peut-être. Il perçoit son attention, mais par intermittence, comme si elle avait besoin qu'il soit là pour pouvoir se distancier.

Le premier jour qu'ils passent seuls, quand il va dans sa chambre après le repas, elle le laisse s'allonger sur le lit pendant qu'elle enfile sa chemise de nuit dans la salle de bain. Il entend la brosse à dents, les comprimés et même le flux de l'urine, derrière la porte. Comme rien ne peut étouffer les bruits, rien n'entrave l'imagination. Puis il lui demande de le laisser rester un peu plus, ce soir seulement, elle refuse, il supplie, alors juste un moment dit-elle, un moment pas plus. Il y a une espèce de netteté dans sa manière de céder. Il aime sa façon de fumer sur le lit. Il aime sa façon d'allumer la cigarette, le claquement du briquet en argent, la volute de fumée blanche, comme une colonne frisée. Et la pointe de sa langue un peu sortie avant de souffler la fumée, comme une créature autonome. Elle fume un moment, il regarde la fumée et s'endort. Quand il se réveille, il est dans son propre lit, la nurse l'aide à mettre l'uniforme. La mère est sortie.

Ce soir, pense-t-il, il lui dira qu'il joue au cheval. Ce soir ils seront encore seuls, le dernier avant que reviennent le frère et le père, il lui dira que quand il rentre du collège, il pose son sac sur le lit et il dévale l'escalier, il traverse la salle à manger, il lui racontera qu'il passe en courant dans la cuisine, le séjour, et que depuis des semaines il perfectionne le jeu, qu'il galope dans la courbe du couloir et qu'il ralentit pour ne pas heurter la table.

Il imagine le dialogue. Ce qu'elle dira, ce qu'il répondra. Et elle s'étonnera de ce jeu. Bien qu'il n'appartienne qu'à lui et à personne d'autre, c'est étrange comme ce jeu tient à un fil irrationnel, comme s'il n'existait pas, soumis à son approbation ou à son interdiction. Mais quand il arrive à la maison il trouve sa mère en train de discuter avec la nurse. Il ne sait pas de quoi elles parlent, la nurse dit qu'elle doit partir, qu'elle a une urgence, la mère dit qu'elle ne peut pas la laisser seule avec l'enfant, et quand elle prononce « l'enfant » devant lui, il ressent une espèce de frisson d'indignité. Finalement, la mère la laisse partir, découragée.

Parfois il perçoit son élégance. Elle, si austère, si froide en apparence. Il a l'impression que la vie révèle beaucoup de choses que la mère n'a pas et que cela a toujours été ainsi. C'est comme s'il pouvait toucher la sensation de ce manque mais rien en conclure. Lorsque la nurse s'en va, la mère gagne sa chambre et se laisse tomber sur le lit comme un arbre qu'on vient d'abattre. Parfois, quand ils restent seuls, ils sont envahis d'une étrange maladresse. Cela est arrivé dernièrement, comme s'ils avaient oublié, plus que l'amour, ce qui vient d'abord et ce qui vient après. Il la rejoint sur le lit et se blottit contre elle, sa tête contre la sienne. Ils se sourient. La chambre dégage cette densité sucrée qui parfois imprègne le canapé et l'armoire, dont il ne sait jamais s'il s'agit de la trace du parfum ou de la véritable odeur corporelle de sa mère, une espèce de distillation.

— On est tout seuls, dit-elle.

— Oui, répond-il en s'allongeant près d'elle.

— Tu me fais un massage ?

Il lui fait un massage, jusqu'à ce qu'il soit fatigué.

Ensemble dans la maison, sans la présence du frère et du père, ils peuvent se permettre d'être un peu monstrueux : ne pas se laver, ne pas ranger, somnoler, comme maintenant, en fin d'après-midi. Jamais ils ne l'avoueront, bien sûr.

— On va pas manger ? demande-t-il.

— Ah oui, manger.

Mais elle ne bouge pas. Tout est plus facile dans l'obscurité. Elle lui caresse le visage et il sourit, elle se laisse caresser les cheveux et il sent qu'il n'y a qu'avec lui qu'elle est comme ça, alors il est sur le point de lui parler du cheval, mais il se retient. Il a aussi envie de lui toucher la poitrine, cette forme oblongue qui s'ouvre sous le décolleté avec trois petites taches brunes, comme des gouttes de peinture, mais il a honte d'y avoir pensé.

Puis la mère se lève un peu chancelante du lit et ils vont ensemble à la cuisine. Elle ne sait pas par où commencer. Elle reste immobile, dans sa jolie robe. Il lui trouve un aspect amusant, semblable à quelqu'un qui essaie de comprendre un jeu très simple sans y parvenir.

— Qu'est-ce qui était prévu à manger ?

— Du bifteck, dit-il.

Il la conduit jusqu'au réfrigérateur et en sort l'assiette avec le bifteck enveloppé dans du papier alimentaire. Elle n'a pas faim prévient-elle, elle ne va pas manger.

Lui non plus n'a pas faim.

Mais il va quand même manger, dit-elle en jouant son rôle de mère. Et elle fait cuire la viande en se brûlant un peu avec les éclaboussures d'huile, elle peste parce que ça lui salit les mains.

Normalement il dîne avec le frère dans la cuisine. La salle à manger est le royaume des parents, la cuisine, le sien. Il est content de ne pas avoir parlé du cheval. La mère aurait pensé qu'il était encore un enfant. Elle regarde fixement la fenêtre et lui a tellement de mal à avaler les premières bouchées qu'il doit fermer les yeux. Il profite de la distraction de sa mère pour recracher la viande dans une serviette en papier et jeter discrètement le tout sous la table. Avec la nurse c'est plus facile quand il n'aime pas quelque chose. Il supplie deux ou trois fois et c'est réglé. Le chantage est simple. Avec la mère, il le sait bien, c'est impossible. C'est comme si elle avait une vénération démesurée pour la nourriture. L'énergie anormale de cette soirée devient manifeste. Une énergie froide, comme si quelque chose avait secoué la mère jusqu'à provoquer une détresse qui la déconcerte. Il ne comprend pas. *Je la rends nerveuse*, se dit l'enfant, mais elle allume une cigarette et explique que petite elle détestait la viande et que son père l'obligeait à en manger, il s'asseyait devant elle et la lui faisait avaler jusqu'à la dernière bouchée.

— Pourquoi ? demande-t-il.

— Parce que c'était cher, je suppose. On crevait de faim.

Ainsi est sa mère. Elle dit des choses comme ça : *On crevait de faim.* Ou aussi : *Je ne supporte pas les gens bêtes.* Ou encore : *J'en ai marre du soleil.* Des phrases qui cèlent un passé comme une contagion, qui reculent, éclaboussent, jusqu'à un endroit qu'on ne peut pas voir. Il ne sait quoi penser de ce *On crevait de faim*, il connaît beaucoup de souvenirs de la mère : le marché où elle allait acheter les pois chiches, le bateau, la danseuse qui s'était cassé la cheville. Avant il distinguait facilement ces souvenirs, ils créaient entre eux une complicité immédiate et un langage, comme un émetteur et un récepteur parfaitement en phase, c'était merveilleux d'entendre ce qu'il savait qu'il allait entendre. Maintenant c'est comme s'ils faisaient monter le niveau de l'eau.

— Je ne sais pas pourquoi je te raconte ça, en quoi ça t'intéresse de savoir si je mangeais ou non le bifteck ?

— Si, ça m'intéresse, dit-il en insistant.

— Laisse tomber, répond-elle en regardant vers le salon d'un air attentif.

— Si, ça m'intéresse.

— Je me demande pourquoi. *On n'en a rien à foutre.*

Un frisson parcourt tout son corps. La mère n'avait jamais parlé comme ça. C'est tellement invraisemblable qu'on dirait qu'elle ne s'est pas adressée à lui, mais à quelque chose de lointain qui flotte devant la porte. Est-ce bien ce qu'elle a dit ? Elle-même semble surprise.

Dehors la nuit tombe. Puis le téléphone sonne et la mère décroche soulagée, sans regarder l'enfant. Pendant presque dix minutes il l'écoute de loin. Il y a de longs moments de silence, entrecoupés par un *je suis calme* sur un ton improbable. Le temps que dure la conversation il en profite pour tout jeter sous la table et quand elle revient il s'efforce de reprendre une attitude normale. Il se rend compte qu'elle a pleuré et essuyé ses larmes. Le mascara de l'œil droit a un peu coulé. Ce n'est pas la première fois qu'il s'en doute, mais la première qu'il le voit. C'est comme si quelque chose l'avait désillusionnée. Quelque chose qui ne pouvait la dominer et ce sentiment, loin d'impliquer une liberté, signifiait une perte.

— Eh bien, c'est fait, dit-elle, maintenant tous au lit.

Mais à peine a-t-elle prononcé ce dernier mot qu'elle découvre les restes de viande sous la table. Il y a encore un peu de marge, quelques secondes où la mère pourrait éviter le précipice.

— Pourquoi tu l'as jetée ?

Il ne peut pas répondre à cette question, alors il se tait.

— Tu aurais pu me dire que tu ne voulais pas manger, avant de faire cette porcherie.

— Mais je te l'ai dit.

— Ne réponds pas !

— Je te l'ai dit.

Alors elle explose :

— Écoute-moi bien. Tu vas manger ça. Je suis ta mère et tu vas manger ça.

Il y a un silence. Comme si à l'instant elle regrettait ses paroles. Comme si c'était elle qui était réprimandée, pas lui. Il la voit se pencher. Se glisser sous la table avec une assiette à la main et ramasser avec dégoût les morceaux que l'enfant a mastiqués et jetés. En se relevant elle se cogne la tête contre un angle de la table, ce qui provoque une réaction de fureur. Sur l'assiette les morceaux mastiqués ont un aspect encore plus horrible, de petites boules de coton moisi.

— Mange, ordonne-t-elle, comme une menace impossible.

Après quoi il n'y a que le vide, un vide où ils vont tomber tous les deux. Elle allume une autre cigarette sans le quitter des yeux, en se frottant la tête à l'endroit du choc. Il a la tentation de rire, comme la tentation de se jeter d'un quatorzième étage. Passent neuf interminables secondes.

— Juste un, dit-elle enfin, sans perdre son sérieux.

— Non.

Il entend un bourdonnement dans les oreilles, la montée d'adrénaline est si forte qu'il a du mal à respirer. Même dans son imagination la plus audacieuse il n'aurait pas été capable de répondre ainsi, maintenant qu'il l'a fait il a plongé dans la lave.

— Qu'est-ce que tu as dit ?

Il tente un instant de soutenir son regard, mais la mère vient vers lui et il saute de sa chaise. À la dernière seconde il sent que quelque chose est sur le point de le saisir, une griffe. Il part en courant dans sa chambre, poursuivi par la mère, et s'y enferme à double tour. De l'autre côté de la porte il perçoit cette respiration nerveuse qu'il connaît, cette voix sur le point de se briser qu'a la mère quand elle ne se contrôle plus. Mais elle ne dit rien. De l'autre côté de la porte il y a une bête furieuse.

— Si tu n'en veux pas pour dîner tu l'auras au petit déjeuner, tu m'entends ? Ou au goûter, ou au prochain repas, jusqu'à ce que tu aies tout mangé. Tu m'entends ?

Il s'écarte de la porte, se jette sur le lit, enfouit sa tête dans l'oreiller et le mord de toutes ses forces.

Comment en sont-ils arrivés là ? Il y a seulement quelques minutes elle lui racontait un souvenir. Elle pense qu'il ne s'est peut-être rien passé. Qu'il doit être sur son lit en train de mordre l'oreiller et qu'il ne s'est rien passé.

— Tu as entendu ce que je t'ai dit ? insiste-t-elle. Tu m'as entendue ?

Et il s'écrie de toutes ses forces :

— Mais je te l'ai dit !!

Elle fait demi-tour et redescend. Il entend ses pas s'éloigner. Comme lorsque le père arrive, les sons montent par la cage d'escalier précédés d'un petit bruit, chacun associé à un mouvement. Il ne sait pas comment ça commence. Il sait seulement que la pensée est là et que, pour la première fois de sa vie, il se laisse guider par elle. Il sait aussi que lorsqu'il se met sous les draps, elle ne s'évapore pas comme d'autres fois, parce que maintenant il n'a plus de scrupules. Qui était cet enfant jouant à être un cheval ? La sensation d'avoir grandi le calme un peu, mais lui donne froid. Il revoit la scène, la moitié du corps de sa mère sous la table, sa posture ridicule, la chaussure qu'elle a perdue en s'agenouillant, le coup sur la tête, l'assiette avec les morceaux mastiqués qui est et restera jusqu'à demain sur la table de la cuisine, ces restes qu'il devra manger le matin, à midi ou le soir.

Je veux que tous tes habits brûlent, dit-il.

C'est une révélation, la lente mise en marche d'une machinerie qui pourrait causer une blessure terrible, la découpeuse qu'il a vue dans une usine, le couteau à pain ; c'est aussi cette espèce de vertige lorsqu'on passe le doigt très lentement sur la lame en sachant qu'une légère pression suffirait à l'enfoncer dans la chair.

Je veux que les mouches te couvrent la tête et les cheveux, qu'elles t'entrent dans le nez, les lèvres, la bouche, je veux qu'elles t'entrent dans les oreilles, les narines, la poitrine et les taches marron.

Il voit son visage, le visage familier qu'il a caressé quelques heures avant, mais transfiguré, suppliant. Alors il attendra, en pensant que c'est trop tard, qu'il ne peut plus rien faire. Il ne parlera pas. Il ne le dit pas gravement. Ne le pense pas gravement. Il est par-dessus tout surpris d'être aussi dépassionné, comme s'il pouvait séparer un par un tous les traits de sa mère. Chaque centimètre de son corps.

Je veux que tu ne puisses pas t'enlever une odeur, que cette odeur t'entre dans le nez et qu'elle te salisse le cœur, les poumons, les tripes et ce qu'il y a dans les tripes, la nourriture que tu as mangée, et les globules blancs et les globules rouges.

Alors tout le monde s'en rendra compte et se retournera vers elle. Elle sentira le vomi, le poisson pourri, la merde. Et même si elle le voulait elle ne pourra plus rien faire, parce que c'est trop tard et qu'elle l'a obligé à manger de la viande mastiquée.

J'aimerais que des taches te sortent sur la peau, des rouges, des violettes, des vertes, et que tu en aies plein sur le dos, le visage, les pieds, les jambes, les genoux, et sous les bras et sur le cul.

Elle, avec ses parfums, ses lotions, ses laques, ses crèmes, ses cires à épiler, ses pinces pour les sourcils, ses crayons pour les yeux, ses rouges à lèvres, ses combinaisons ivoire comme des couches de peaux, toutes ses béquilles de la beauté.

Je veux que tu aies peur et que tes cheveux blanchissent. Que tu te mettes au lit et que tu ne puisses pas dormir. Je veux que tu rêves de démons et de bêtes qui entrent dans ton nombril et arrivent aux tripes et, dans les tripes, qu'ils se mangent entre eux.

Comme dans ce film où l'héroïne criait et la seconde d'après était devenue vieille, la même actrice, si jolie avant et maintenant vieille, seule, abandonnée. Elle aussi mourra. Et il ira au cimetière. Peut-être avec des fleurs. Il ira en été, dans un costume blanc comme celui de son père. Il ira et regardera le nom de la mère en lettres noires sur le marbre gris veiné. Et il ne sentira rien.

Le lendemain, la mère ne sort pas de la chambre. Au début on dirait seulement une méprise, mais cela se confirme. Il lui suffit de quelques secondes pour que la pensée lui serre la gorge. Il a vraiment dit toutes ces choses ? Il les a dites en mordant l'oreiller, ou juste en rêve ? La nurse le réveille comme tous les matins et l'aide à passer l'uniforme, mais elle a l'air soucieuse. Dans la cuisine aucune trace de l'assiette avec les restes de viande, juste le petit déjeuner, léger, le chocolat et les tartines grillées comme tous les jours. Il entend des pas pressés et des appels téléphoniques. Puis le mot « médecin » plusieurs fois, mais il doit partir au collège sans savoir ce qui s'est passé. Chaque fois qu'il pense à l'épisode nocturne c'est comme si deux enfants superposés prenaient possession de lui, celui qui a dit ces choses et celui qui n'a fait que les penser. Quand il rentre à la maison, le père est de retour. Sa valise est posée dans l'entrée, sa veste et le cadeau sur la table. Il a un peu honte de l'ouvrir mais il le fait, par curiosité. C'est un livre de Jules Verne. Le même qu'il lui avait offert le mois dernier.

Le frère revient lui aussi ce soir-là. Au moins il n'a pas changé. Quand il lui demande si tout s'est bien passé, il ne répond pas et monte dans sa chambre, ignorant que c'est lui qui a tout provoqué. L'après-midi, il ne sait pas quoi faire. Il joue à être un cheval, mais comme si le plaisir de se changer en animal avait disparu, il traîne un peu les pieds pour ne pas faire de bruit. Il évite la chambre de ses parents. Il passe devant la porte, s'assure que personne ne le voit et colle l'oreille, sans rien dire, effrayé de son pouvoir.

Il faut annuler le voyage. Le voyage du début des vacances, à la plage où ils devaient aller dans une semaine. Ce soir-là vient le médecin qui affirme que pour le moment ils ne peuvent partir nulle part. Lorsque le médecin se dirige vers la porte d'entrée, le père caresse les cheveux de son fils, qui pense qu'il ne sait pas ce qu'il fait, qu'il caresse le traître.

— Le livre te plaît ? demande-t-il.

Il dit très vite que oui, craignant de se mettre à pleurer s'il tarde à répondre. Le père s'enferme de nouveau dans la chambre et lui dîne avec son frère dans la cuisine. Puis le frère s'assied pour écrire. Il paraît absent, mais après un silence il lui demande ce qui s'est passé la veille. Rien, il répond.

— Qu'est-ce qu'elle a ? demande-t-il.

— Maman ?

— Bien sûr.

— Maman est malade, imbécile, tu ne le sais pas ou quoi ? Elle ne part pas en voyage, elle ne va nulle part.

Deux jours passent ainsi, il ne pourrait pas en supporter davantage. Tout est silencieux, comme l'accusant. Parfois, la nuit, montent de la cage d'escalier les bribes d'une dispute. La voix de la mère est énergique, celle du père plus ténue.

Puis le médecin revient et après sa visite, la mère sort enfin de la chambre. C'est un samedi matin comme un autre, mais la convalescence de la mère rend la maison statique, où ils ne sont que des silhouettes dansantes. Lorsque, accroupi dans la cage d'escalier, il la voit, il l'évite. Ils ne savent pas se ressaisir. Il la voit enfin de face à l'heure du dîner et il a l'impression qu'elle fuit son regard. Elle a un air maladif. Il sent la fureur brûlante de l'humiliation, mais pendant le repas il a juste envie de pleurer, une envie incontrôlée qui le fait tourner autour de la table comme un électron libre, jusqu'à ce que son père lui dise :

— Pourquoi tu ne t'assieds pas ? Tu ne vois pas que ta mère va mal ?

Alors il s'enferme dans les toilettes et se mord la main. Quand il se regarde dans le miroir il a le visage gonflé, les yeux rougis. Lorsqu'il revient dans la salle à manger, ils sont tous partis se coucher.

C'est arrivé comme ça : les deux jours suivants il se regarde dans le miroir et dit : *C'est la tête du traître.* Il ouvre les mains et pense : *Le traître a les ongles carrés.* Peu importe que le frère lui dise quelques jours plus tard que leur mère va mieux, que le père paraît plus enjoué quand il le voit le lundi avec la nurse, lorsqu'il part au collège. Il sait que tout a été sa faute, qu'il ne mérite pas de pitié.

Peu importe aussi qu'un soir il voit sa mère assise dans le salon et qu'elle l'appelle. C'est pour lui un instant de danger, il la regarde du coin de l'œil, elle a murmuré son prénom d'une voix si faible qu'il ne se sent pas tenu de répondre. Son prénom, prononcé par la mère, lui hérisse la peau et il grimpe quatre à quatre l'escalier pour s'enfermer dans sa chambre. Comme si on venait de lui inoculer un poison : celui de la vérité. Maintenant qu'il sait qui il est, il ne peut plus regarder ailleurs. Il pense qu'il va devoir quitter la maison, qu'il ne la parcourra plus en se disant qu'il est un cheval, ni n'épiera plus le père, caché entre les manteaux. Il pense qu'il sera comme cet homme aperçu à la gare et occupé à installer les gens dans les wagons. Lui et cet homme seront dorénavant des camarades, des proscrits, sans famille. Ils vivront ensemble et mangeront ce qu'ils trouvent. Il pense qu'il méprisera alors cette maison et ces vêtements, que de fait il commence déjà à mépriser, que les visages du père et du frère s'estomperont jusqu'à disparaître, et comme pour le confirmer il regarde avec dégoût ce qui l'entoure, le couvre-lit à carreaux jaunes et marron, les étagères avec les livres de Jules Verne, la bouteille avec l'étiquette du village suspendu que sa mère lui a donnée une fois, quand ils s'aimaient encore.

Au collège il est de plus en plus tendu. Que lui importaient tous ces gens ? Il est déjà mort. Il n'avait jamais imaginé que ce serait si simple d'être ailleurs.

Ça ressemble à une maladie, à une odeur qui suinte du corps, comme si le désir et cette sensation se confondaient en une seule et même chose et qu'on ne pouvait plus les distinguer. Pendant une récréation il est envahi par une envie de douleur. Jamais il ne l'avait ressentie. C'est d'abord un tremblement nerveux, puis cette avidité s'empare de lui. Il s'approche d'un garçon d'une autre classe, qui un jour lui a écrasé du pain mouillé sur le dos, et il lui crache dessus sans un mot. Il sait que c'est une sentence de mort, mais il n'en prend conscience qu'après coup. Le garçon tarde un peu à réagir, il essuie le crachat sur son visage, encore abasourdi par ce qui vient de se passer, presque fasciné, puis comme sous l'effet d'un ressort il se jette sur lui.

Un instant la bagarre lui donne l'illusion de la pureté. Les sourcils froncés du garçon, plus âgé que lui, comme un grand mur grisâtre. Au moins la bagarre est réelle. Il s'étonne d'être capable d'encaisser un coup de poing, moins douloureux qu'il ne l'imaginait. Mais le garçon se met alors à califourchon sur lui et lui saisit les poignets avec une telle force que son impuissance devient douloureusement manifeste. Puis, encouragé par le chœur qui s'est formé autour d'eux, il presse son visage sur le sien, au point qu'il voit les pores de sa peau et les boutons de sa joue gauche.

— Tu te crois très malin ? Tu te crois très malin, connard ?

Et il lui crache dessus très lentement, en laissant couler, comme au ralenti, la salive sur sa bouche.

Une ligne a été franchie, c'est une humiliation si grande qu'il ne sait comment réagir. Tout l'après-midi, avant de rentrer à la maison, chaque fois qu'il ferme les yeux, il voit le visage du garçon sur le sien, il sent le goût salé de sa salive. Il a l'impression d'être imprégné d'une substance visqueuse, que l'épisode a été d'une brutalité sans fin. D'avoir été blessé de tous côtés, pas seulement au collège, mais aussi à la maison, dans le langage. Au comble de sa détresse il pense que s'il va voir sa mère et lui demande pardon, s'il capitule, tout sera fini, et cette pensée lui redonne un peu d'espoir. Il imagine la scène : il arrivera, lui dira qu'il est coupable, qu'il a dit toutes ces choses dans sa chambre et que ça l'a rendue malade, il lui dira qu'il regrette.

C'est arrivé comme ça : la nurse vient le chercher ce jour-là à la porte du collège et ils prennent ensemble le chemin de la maison.

— Qu'est-ce qu'on t'a fait au visage ? demande-t-elle.

Il ne sait pas quoi répondre.

— On t'a frappé ? insiste-t-elle. Tu vas voir ce que va dire ta mère.

Pendant qu'ils marchent il réfléchit à tous les scénarios possibles, aux mots qu'il prononcera. Il imagine l'endroit où se trouvera sa mère en arrivant. Il imagine tout : l'embrassade, le pardon et la punition. Il n'escompte pas l'attendrir immédiatement, mais y parvenir en fin de compte. L'émotion se prolonge dans tous les cas de figure, ce sera comme une longue et difficile journée, puis, peut-être, une suspension et autre chose, comme dans un livre une fin de chapitre en pointillés, suggérant que le personnage a passé de nombreuses années en exil ou qu'on lui a brûlé les yeux au fer rouge.

Il arrive à cette heure de l'après-midi où le jasmin ploie sous la chaleur et les martinets brisent subitement leur vol en des angles improbables. Il lui suffit d'un coup d'œil pour voir que sa mère est dans le jardin et, comme toujours, sur le point de se baigner dans la piscine. Elle est de dos, ôte son peignoir et s'approche du bord. Il reconnaît son profil, son maillot de bain bordeaux. Il jette son cartable dans l'entrée et court vers elle. Il crie : *Maman*. Il s'engage dans le jardin à l'instant où elle plonge. Il lui vient soudain une idée : lui faire une surprise, il se tiendra au bord de la piscine et quand elle émergera, il lui demandera pardon.

Il est certain qu'elle l'a vu, qu'elle l'a regardé avant de plonger et maintenant elle nage vers lui. Il admire de nouveau l'élégance de ses mouvements, la beauté de son corps. Il pense : *C'est ma mère*. Mais lorsqu'elle atteint le bord, elle n'émerge pas. Comme une créature qui se rétracte, une taupe qui reflue dans sa galerie, quand elle arrive à sa hauteur elle fait demi-tour sous l'eau et s'élance vers le bord opposé.

L'air se raréfie.

Le criaillement des martinets s'estompe.

La lumière faiblit.

Il ne sera pas pardonné. Il le sait dès qu'il voit s'éloigner cette mère aquatique. Elle ne lui pardonnera pas. C'est comme avoir été sur le point de se sauver et sentir que s'ouvre l'abîme. Il y a un instant de sursis avant la chute, puis il comprend qu'il ne peut rien faire et il fait demi-tour vers la maison.

C'est arrivé comme ça : il a l'impression que la maison s'éloigne de lui, que c'est son angoisse qui l'empêche de l'atteindre. Le vieux mur où s'ouvre la baie vitrée se dédouble. Le jasmin ondule et s'immobilise. Il entend un cri, ou ce qui y ressemble. Puis une suspension, comme si le monde était fait de canaux saturés, d'artères gorgées de liquides et d'une soudaine stagnation. Il ne peut pas bouger. Il regarde les hortensias le long de la maison, eux aussi immobiles, comme le martinet qui volait près de l'auvent et qui est à présent figé en l'air, projetant une ombre nette sur le mur. Plus aucun bruit. Il n'entend que sa propre respiration. Une respiration agitée qui s'apaise peu à peu. Il se dit qu'il est debout, qu'il est fatigué. Il pense qu'il ne va pas pouvoir tenir ainsi longtemps, et il finit par se laisser tomber et sent qu'il s'appuie sur quelque chose de rigide, son propre corps. Il tente de dire : *Maintenant je vais bouger la main.* Mais la main ne bouge pas. Il essaie encore : *Je vais entrer dans la maison*, mais pour simplement atteindre la baie vitrée il lui faudrait franchir un immense espace, fouler cette ligne vert foncé et parcourir la distance énorme qui le sépare du jasmin, pour ensuite traverser une distance semblable jusqu'à l'escalier. *C'est la punition, la punition que je mérite*, mais les larmes ne viennent pas.

Le temps est suspendu. C'est comme une peur dans une peur enclose dans une autre peur, et dans cette dernière une négation blanche. C'est là qu'il est. Dans une peur diffuse, profonde, dont l'horreur le saisit, la certitude qu'il a provoqué tout cela. *Puisque je ne peux pas bouger, je vais imaginer, je vais entrer dans la maison comme si j'étais un cheval.* Imaginer, c'est tout ce qu'il peut faire. Il ne sort pas du jardin, mais il imagine qu'il avance, qu'il monte l'escalier, tend la main pour ouvrir la porte de sa chambre, imagine qu'il s'allonge sur le lit et qu'il fait tous les mouvements qu'il aimerait faire, et sangloter, mais les sanglots ne viennent pas. Il essaie très lentement une fois, ou peut-être plusieurs, il ne sait pas. Il convoque tous les souvenirs de ce moment : toutes les fois qu'il est sorti de sa chambre, qu'il a dévalé l'escalier, est passé par le salon, la cuisine. Il lui semble voir la courbe du couloir où il faut galoper, mais il n'est pas dans la maison, il n'a pas quitté le jardin. Puis tout ce monde se démultiplie. Il pense que chaque fois qu'il emprunte ce trajet quelque chose l'oblige à regarder plus de détails : le cercle de terre sèche près du pot de fleurs de la baie vitrée, l'ombre en forme de visage que dessine le bord de la porte sur le mur, la poussière en suspension sur la table de la salle à manger, les veines de la troisième chaise de la cuisine. Il a l'étrange impression de croiser d'autres personnes qui parfois le frôlent et dont il perçoit les murmures. C'est comme si elles aussi vivaient ici, dans cette interruption du temps et qu'elles partageaient toutes une même honte. Certaines sont aimables, d'autres posent des questions. Les uns le fuient dès qu'ils remarquent sa présence, d'autres lui demandent qui il est, ce qu'il fait ici. Elles ont peur. Pour les esquiver il suffit de ne pas leur prêter attention, parfois elles ne s'écartent pas et le poursuivent, alors il doit se réfugier dans des cachettes que lui seul connaît.

Combien de temps cela dure-t-il ? Il ne sait pas. Ses propres sentiments lui deviennent un peu étrangers. Il pense que triste n'est pas le contraire d'heureux, ni calme le contraire d'agitation. Un instant il se sent perdu dans la maison, comme dans un musée infini sans guide ni professeur. Puis il a l'impression de se réduire, d'être dans un œuf, le corps collé à une paroi osseuse. Certaines de ces personnes veulent briser cet œuf, l'en extraire ; d'autres, mystérieusement, veulent y entrer. Comme il est incapable de les imaginer il leur prête des visages qu'il connaît : celui de la nurse, celui du frère, il leur demande leurs noms. S'il pense à eux intensément, ils restent un instant figés dans la maison, en se répétant en boucle comme le reste de la famille, mais dès qu'il cesse de penser à eux, ils disparaissent. Une de ces personnes lui plaît plus que les autres. Elle lui plaît d'une manière quasi absolue comme si c'était elle qui l'avait choisi et pas le contraire. Un jour il lui fait un dessin, un autre il lui demande de se couper les cheveux. C'est elle qui lui parle le plus. Par moments il a l'impression de pouvoir la toucher, la toucher comme il touchait avant. Il lui montre la sauterelle dans sa chambre, il lui fait même un massage. Parfois elle s'en va et il lui demande de revenir. D'autres fois sa voix n'est qu'un murmure dans la maison immobile. Alors il pense que s'il a confiance en elle tout ira bien, ça lui sera égal de rester dans ce jardin pour toujours, devant l'ombre du martinet sur le mur. Et là arrive la pensée.

C'est arrivé comme ça : au début c'est très léger, presque un germe. Il est avec la fille aux cheveux courts et il y a quelque chose qu'il ne peut pas saisir. Il ne sait pas si ça vient d'elle ou de lui. Mais il sait qu'il y a entre eux une sorte de lien. Et aussi que s'il s'accroche à elle, il pourra sortir du jardin et entrer dans la maison. C'est comme si cela allait briser une résistance précaire.

Ce qui s'ensuit n'est pas tant une honte, encore moins un remords, c'est une stupeur. Il a l'impression que la fille s'éloigne de lui, et aussi que son amour pour elle est comme un petit animal en cage, quelque chose arrivé par hasard et qui pour cette raison est condamné à s'éteindre. Elle le secoue et dit quelque chose qu'il ne comprend pas, puis elle lui caresse la joue et lorsqu'elle fait demi-tour il est certain qu'il ne la reverra pas, qu'elle retourne à sa vie. Il aimerait lui dire adieu, mais il ne peut pas. Au lieu de quoi sa peau se hérisse. De gratitude, peut-être, ou de ne pas pouvoir l'atteindre. Il voit seulement son dos qui descend l'escalier et il sent sa poitrine se gonfler. Il est de nouveau dans le jardin. De nouveau cheval, il sent le contact des vêtements et la tonicité des muscles. La lumière redevient brûlante sur les bras et les jambes. Le calme impose un apprentissage, un apprentissage élémentaire du corps.

Ce n'est pas ma faute, pense-t-il soudain.

Il franchit la distance jusqu'à la frange d'herbe foncée et la baie vitrée. Il entre dans la maison. L'ombre traverse l'une après l'autre toutes les pièces, le séjour, l'escalier dont il sent la fermeté, enfin la chambre où il se jette sur le lit.

Pleurer n'a plus aucun sens.

Il obéit à chacun de ces déplacements avec une étrange tranquillité.

Ce n'est pas ma faute, répète-t-il.

Finalement c'est l'autre voix qu'il entend. Celle de sa mère. Elle l'appelle par son prénom depuis le jardin. Son prénom, léger et répété. Sans aversion ni impatience, juste la douce résistance habituelle, cette incapacité de chacun à tordre le bras de l'autre. Pour la première fois cela le fait sourire qu'ils soient ainsi, qu'ils ne puissent pas être autrement. Sa mère répète son prénom. Le ton est si timide qu'il saute presque de joie, mais aussitôt il se souvient qu'il n'est plus un enfant. Et que ce qui s'est passé avant l'immobilité, ce qui avait uniquement été voilé par elle, la vérité, lui semble avancer dans cet espace minuscule. Ce lien entre les désirs et la réalité. Cela et tout le reste, le jardin, sa famille, la peur, il le comprend d'une manière simple et un peu banale, comme on voit le monde après un cauchemar, quand tout reprend sa place habituelle. Il décide alors d'attendre un peu, suffisamment pour s'assurer qu'elle l'appelle une troisième fois.

Et ça arrive comme ça : il jette un coup d'œil par la fenêtre.

— Manuel, dit-elle.

Elle est là, enveloppée dans son peignoir, elle regarde vers le haut, les cheveux mouillés, courts comme ceux d'un garçon. Parfois elle est presque laide, alors il l'aime encore plus, comme si elle était sa fille et lui son père. Il se retient de sourire.

— Tu descends, ou quoi ? demande-t-elle.

Et il répond lentement, en posant un peu la voix :

— Oui, je descends.

Remerciements

J'ai écrit ce petit livre pendant une longue période de crise. Peut-être qu'à leur manière tous les livres résultent d'une crise. Pendant cette période, marquée par deux changements de pays et une bonne dose d'incertitude, j'ai compris Clarice Lispector qui disait qu'un rapprochement, quel qu'il soit, se fait de façon graduelle et pénible, en traversant le contraire même de ce qu'on croyait chercher. Mais je dois ajouter autre chose : si j'avais été seul, je n'aurais jamais terminé ce livre. Son idée première m'avait accompagné pendant presque dix ans, mais ce fut Carmen M. Cáceres qui me fit comprendre qu'en réalité il s'agissait de quelque chose de tout simple : *quelqu'un aide quelqu'un d'autre*. Comme cela n'est pas rare chez les écrivains, je n'avais pas réussi à le comprendre car j'avais l'esprit trop obscurci par l'idée de faire de la littérature. Maintenant j'ai compris, c'est simple et c'est bien qu'il en soit ainsi. Les découvertes importantes ont parfois la fâcheuse vertu de paraître une *boutade*[1].

Je ne serais pas non plus le même si ne m'avaient pas aidé par leur talent des amis qui ont lu, dans des versions beaucoup plus sommaires, cette rencontre d'une femme et d'un enfant qui s'entraident. Mes remerciements vont aussi à Modesto Calderón, Mariana Enriquez, Alberto Pina, Irene Vallejo, Juan Gómez Bárcena, Silvia Sesé, Rafael Llano, Tomás Muñoz et María Lynch. Felipe Martínez et María Vutova nous ont prêté leur maison de Madrid pendant un mois où j'ai enfin réussi, un matin de septembre, à terminer la première ébauche de ce roman. Carmen M. Cáceres, plus qu'une aide, est le fil d'or de cette histoire.

1. En français dans le texte.

Table des matières

Composition et mise en pages
Nord Compo Villeneuve-d'Ascq

Impression CPI Bussière en septembre 2024
à Saint-Amand Montrond (Cher)
Dépôt légal : octobre 2024
N° d'édition : 2668 – N° d'impression : 2079707
Imprimé en France